目次

僕たちの幕が上がる

決戦のオネーギン

辻村七子

BOKUTACHI NO MAKU GA AGARU

NANAKO TSUJIMURA

ポプラ文庫ピュアフル

「おじさんは本当に律儀な方ですよ。死んでからも義理を尽くすなん…………すみません」

「もう一回」

「おじさんは本当に律儀な方ですよ。死んでからも義理を尽くすなんてまあ」

演出のカイトの言葉に従って、勝（まさる）は頷き、演技を続けた。

仮縫（かりぬ）いの服装は、襟（えり）の詰まったドレスシャツに、燕尾服（えんびふく）のように尻の部分に切れ目の入った黒いジャケット。

髪はオールバックにして、背筋は正しく、表情はいかめしく。

二十六歳の俳優、二藤（にふじ）勝は、改めて稽古場の椅子に腰かけている同い年の演出監督、鏡谷（かがみや）カイトを見つめた。彼の携える台本には、芝居のタイトルが黒々とした明朝体で書かれている。

『オネーギン』――――。

第一幕

BOKUTACHI NO
MAKU GA
AGARU

寒さが肌を切るような二月、東京。

新進気鋭の天才脚本家と呼ばれる鏡谷カイトと、その親友である俳優・二藤勝は、東京ライトニング劇場の楽屋で胸をなでおろしていた。

鏡谷カイトのオリジナル脚本『百夜之夢』、総計百五十六回目の幕が下りた後である。千秋楽まではもう四か月あったが、これで十か月目の公演である。一つの区切りではあった。

「おつかれだったな、勝。今日もよく『百』として生きてくれた」

「ありがとうカイト。見ててくれて嬉しいよ。チャンバラのし甲斐がある」

互いにねぎらい合っていた俳優と脚本家の前に、スタッフが走り込んだ。

「すみません、お二人にお客さまです」

「客?」

カイトが剣呑な顔をするより先に、勝がスタッフの背後の老人に気づいた。

つるりと剃り上げられたスキンヘッドに、ハイネックの黒いセーターと黒いスキニーパンツ。白い眉毛。黒い運動靴。モノクロ映画の中から出てきた名優のような雰囲気。

「やあカイト。久しぶりだね」

　老人は石に染み渡る清水のような声で喋り、ハッとしたカイトが飛び出した。

「先生！」

「せんせい？」

　不遜というより無愛想がトレードマークのカイトは畏まっていた。睫毛まで白い老人が、ふくふくと笑う。

「今日の芝居もよかった。若さがほとばしるような舞台だったよ」

「先生、来てくださるならご連絡をいただければ」

「これで三度目なんだ。何度も声をかけては迷惑だろう。ああ、勝くんとは初めてお会いするね。私は海山伊佐緒。海山塾という俳優塾を主宰している人間だよ」

「……………海山って、あの海山さん⁉」

「ははは。どの海山だろうね」

　勝は口に出してしまった後、自分の失言に気づいた。日本の演劇界において『海山』といえば、一人をおいて他にない重鎮である。

　カイトと同じく、脚本家であり演出家。

　全ての舞台が奇跡のように『面白い』。笑って泣けて、くだらないギャグもありつつ高尚で、胸をチクリと刺す風刺も入っている。多くの世界的演劇賞の持ち主で、チケットは発売と同時にプラチナ化するので、発売サイトにおいては全日程の抽選購入が常態化。彼の舞台に招かれることは、日本演劇界の人間全ての、ある種の夢。

子ども向けのアクション番組で活躍してきた勝でも、その程度は一般常識として知っていた。

ひょろりとした体つきの老人に、カイトは深々と頭を下げた。

「お運びいただき光栄です」

「私の塾で教えたことを、お前は本当によく聞いていたんだね」

「……カイト、もしかして海山塾に……？」

「ワークショップに招いてもらったことがあるだけだ。俳優としての参加じゃない」

「脚本の指導はさせてもらったけれどね。彼のイギリス留学を後押ししたのも私だよ」

海山はつるりとした肌に笑い皺を刻み、二人の若者を眺めた。

「今日は少し話があるんだ。カイト、お前にだけじゃない。お前の大事な勝くんにもだ」

俺に？　と勝が自分の顔を指さすと、海山は笑った。魔術師のような微笑だった。

「新作の演出を？」

「そうだ。私はお前が演出役に相応しいのではないかと思っている」

会場からほど近い、深夜営業の喫茶店に移動し、三人は話を続けた。海山はホットコーヒー、カイトはアイスティー、勝はオレンジジュースを頼んだ。海山の話ではもう一人誰かがやってくるという話だったが、順調に遅刻しているという。

話はこうだった。

イギリスで人気を博している戯曲が近々日本に入ってこようとしている。芝居をプロデュースする権利を買い取ったのはテレビ局だが、文化庁の助成金も幾らか入っている、大規模なプロジェクトになる可能性が高い。脚本と演出は既に決められているものの、誰がそれを指揮するのかはまだ決まっていない。それをカイトに任せたい——と。

勝はうなった。とんでもない話である。新規の巨大プロジェクトが動く瞬間を目の当たりにしていた。カイト作の戯曲『百夜之夢・東京大阪凱旋公演』は終わりが見えている。新たなプロジェクトへの着手もありうるタイミングだった。

カイトは仏頂面のまま、演劇界の重鎮を見遣った。

「その件、多少は噂に聞いています。ロシアの作品の翻訳ものだったような……？」

「話が早いね。そう、プーシキンの『オネーギン』だ」

ぷーしきんのおねーぎんって何だろう、と勝は思ったが口には出さなかった。だが目は口ほどに語ったらしく、カイトは無愛想に「調べろ」と告げた。勝は素早くスマホで検索した。

プーシキン——作家の名前。男性。ロシア革命がおこる前、帝政の時代に活躍。オネーギン——プーシキンの作品。韻文（いんぶん）小説。『オネーギン』は主人公の男の名。どんな芝居なのかはよくわからなかったが、勝はことの次第に注目することにした。

「……何故僕に？　他にも適役はたくさんいるでしょう」

「プロモーターの意向だよ。お前を連れてくるとお客がたくさん入る。未発表だが公演予定は今年の十月だ。時間はまだある。どうかなカイト」

「『お客がたくさん入る』？　先生にそんなことを言われると皮肉に感じます」

「相変わらずお前は正直者で口が悪いね。まあ皮肉ではあるが。はは」

しゃあしゃあと言い、海山は肩をすくめた。表情は微笑のままだった。

「相手方の理想は、私が演出をすることだったらしいのだが、ちょうど仕事がかぶってね。悪い話ではないと思うよ。『オネーギン』の演出はお前にとっても大きなチャレンジになるはずだ。何故ならプロモーターは、主演俳優に二藤勝をと望んでいるのだから」

ねえ勝くん、と。

海山はニッコリと微笑んだ。爆弾を押し付けてくる笑顔だった。

勝が反応するより先に、カイトが目を見開いて驚いていた。

「待ってください。そんな話はうかがっていません」

「おかしなことを言うね？　お前は勝くんのマネージャーではないだろうに」

「今のは、その、ただの言葉のあやです。しかし二藤勝は現在僕の戯曲に出演していて」

「その後の予定は空いているだろう？　どうだい勝くん、いい経験になるはずだ」

数秒、勝は頭が真っ白になったが、その後猛スピードで考え始めた。

一時は落ち目であったものの、『百夜之夢』で再び名前を売った勝には、新しい仕事が次々に舞い込んでいた。アクション系の再現ドラマだけではなく、深夜ドラマの脇役や準主演も三本。ファンクラブの会員数は激増し、時々動画チャンネルで活動を宣伝することもある。

もっと有名になれたら。もっと新しい芝居ができるようになったら。

喜ぶ人々の顔を想像し、勝は首を縦に振りかけたが、その前にカイトが割り込んだ。

「勝。やめろ。この人は好々爺の顔をした大蛇だ。油断をすると呑み込まれる」

「ははははは！　カイト、私はお前のそういうところが大好きだよ。言い忘れたが『オネーギン』は池袋芸術祭の目玉演目となる。たいそう盛り上がること請け合いだよ」

「待ってください。それはつまり投票があるということでは？」

「つくづくお前が割り込んでくると色気もそっけもない。その通りだよ、カイト」

げいじゅつさい、とうひょう、と勝がぽかんとしていると、カイトは苛々した顔で勝をねめつけ、そんなことも知らないのかという口調で説明を始めた。

「いくらお前でも池袋芸術祭は知っているな？　毎年秋に池袋やその近辺の複数劇場が連携して行う、秋の演劇フェスティバルだ。二週間、新作や旧作の芝居が次々に上演される、日本最大級の演劇イベントと言ってもいい。その芸術祭の中には……お客さんによる、俳優や舞台への観客投票イベントがある。チケットを買うと『投票券』が手に入り、その投票によって池袋芸術祭主演男優賞や最優秀舞台賞などの受賞者が決まる。結果は祭りの最終日に発表される。毎年大きな話題になっているだろう」

「ああ……！　あれって、そういう賞だったんだな。名前しか知らなかった」

「お前というやつは本当に、一体今まで何の勉強をして……」

「ははは。不肖の弟子が俳優を不勉強だと叱っている。面白い光景だねえ」

カイトは少し赤くなった後、再び落ち着いた表情に戻り、にらむように海山を見た。

「まだ何か、仰っていないことがあるのでは？」

「本当にお前は鋭いね。ああ……ちょうどいい、来た。こっちだよ、未来哉」

勝とカイトは、そろって中腰になり、背後を見た。

その瞬間、勝は息が止まりそうになった。天使がいると思った。

華やかな金茶色の髪と、驚くほど小さな顔の持ち主が、三人のテーブルまでやってきた。瀟洒なブルーグレイのセットアップに身を包んでいて、ピアニストのように繊細な指先には銀色のファッションリングが光っている。美しすぎて完全に喫茶店から浮いていた。

美貌の青年は海山の隣にするりと腰掛け、笑った。先に口を開いたのは海山だった。

「紹介しよう。海山塾のホープ、私の秘蔵っ子、南未来哉だ。十九歳。素敵な子だろう。性格はそこそこだが」

「先生、初対面の人たちにそんな紹介はないでしょ。ぼく帰っていいですか」

「まあまあ、来たばかりじゃないか。何か注文しなさい」

「バーボンロック」

「こらこら。飲んだこともないのにそんな冗談を言うものじゃない」

ぽかんとする勝の前で、青年は海山にしなだれかかり、甘えた口ぶりでおしゃべりをした。カイトと勝のことは書割くらいにしか思っていないらしく、テーブルの下でかなり派手に足がぶつかったが謝ろうともしなかった。海山は話を続けた。

「言い忘れていたが、十月の『オネーギン』はダブルキャストでね。誰が主演を務めるにせよ、片方の主演はこの未来哉だ」

「そういうことになってます。どうぞよろしく」

ダブルキャストとは、二人の俳優が同一の役を演じる座組のことだった。公演数の多い演目ではごく普通に行われる、ある種の安全策でもある。

眠たげな天使のような青年は、通り一遍のしぐさで二人に頭を下げた。カイトは無言で、勝も黙り込んでいた。すると未来哉はにこりと笑った。

ただ、カイトに向けてのみ。

「鏡谷さん、初めまして。お噂はかねがね。ぼくが海山塾に入った時にはもう、鏡谷さんは塾を抜けてイギリスに行っていらしたから、ぼくのことは知りませんよね。残念。もし塾にいてくださったら、ぼくの演技も見ていただけたのに」

それから未来哉は、完全に勝のことは見ずに、今までの自分の経歴をカイトに向かってのみ語った。祖父がドイツ人であるためどことなく異国的な風貌であること。最初はモデルとしてスカウトされたが、レンズを向けられるだけの仕事に飽きてしまったこと。モデルをしているところを海山に見いだされ、本格的な俳優としての道を歩み始めたこと。ベルリンで催行された海山塾と現地プロモーターの合作『オネーギン』では主演を務め、小さいが由緒ある演劇賞を受賞、来日。今に至るということ。

シンデレラボーイという言葉はこういう相手に使うのかもしれないと、勝はもうほとんど残っていないオレンジジュースのストローを噛んで考えた。めでたしめでたしまでたどりついてしまったシンデレラである。

　未来哉は百万人をとりこにしそうな笑顔で微笑んだ。

「でもまだまだ世間知らずなんです。日本の演劇のこと、もっと知りたいと思っています。あなたとお仕事ができたらとても嬉しいな。鏡谷先生、今回の仕事は受けるべきですよ」

「……世間知らず、ね。では一つだけ」

　世界の一般常識を教えてあげよう、とカイトは前置きした。嫌な予感を覚え、勝はテーブルの下で軽くカイトの足を小突いたが、天才脚本家兼演出家は無視した。

「テーブルに四人の人間がいるのに、三人しかいないように振舞うことは無礼だ。即改めろ」

「ははははは！　未来哉、ちゃんとご挨拶しなさい」

　美青年はたった今気づいたような顔をして、目の前に腰掛ける勝に微笑みかけた。天使の微笑みだったが、どことなく不穏だった。

「こんにちは、二藤勝先輩。南未来哉です。もし先輩がオネーギンの仕事を受けたら、ぼくたちはライバルになりますよね。ぼくそういう人と仲良くするのが苦手で」

「今後の君の人生において、そのような態度はとても損だ。気を付けた方がいい」

「その通りだ未来哉。そしてカイトがそう言っているということは、『自分もそれで苦労をした』という意味だ。よく覚えておきなさい」

「一言余計です、先生」

海山塾という集団に縁を持つ三人に、入り込めない雰囲気を感じつつ、勝は笑ってみせた。

「改めてよろしく、未来哉くん。でも俺って、どこかで未来哉くんの先輩になったっけ?」

「自分より先に役者業を始めた人はみんな先輩です。年上の人は敬うのが日本の習慣でしょう。そういうところ、ぼくは頑張らなくちゃいけないので」

未来哉はあどけなく笑って見せた後、ああでも心配しないでくださいと続けた。

「先輩って言っても、みんながみんな、ぼくよりうまくて有能じゃないのもわかってます」

場の空気が凍った。海山は目を伏せてコーヒーを飲んでいたが、カイトは完全に動きを止めていた。何事も起こりませんようにと祈りつつ、勝は再び笑った。

「そうだね! いろんな先輩がいるから、あんまり気負う必要はないと思うよ」

「ありがとうございます。ところで、オネーギンは上品な青年貴族の役どころですけど、二藤先輩はそういう役を演じる自信があるんですか? あっこれは別に、先輩が下品な庶民派って言っているわけじゃないんですけど」

　今にも目の前の青年に殴りかかりそうなカイトを片目でおさえつつ、勝は楽しそうに笑って適当にごまかし、話を受けとめた。

「未来哉くん、いろいろ考えていてすごいね！　それなら池袋芸術祭の主演男優賞が狙えるんじゃないかな！」

「そんなこと言ってもらわなくてもどうせ取ります」

　勝は徹頭徹尾、話のわかる『先輩』の顔で通すことにした。自分はなんのダメージも受けていないという顔をしていれば、少なくともカイトが暴発することはない気がした。沈黙するカイトは、仏頂面のままズズーッと耳障（みみざわ）りな音を立ててアイスティーを飲んだ。

　それからしばらく四人は歓談し——カイトは黙り込んでいたので、主に勝があたりさわりのない話題を提供した——午前二時に解散した。海山と未来哉は二人でタクシーを拾いに行き、勝とカイトはいつもの在来線駅を目指した。

　ずんずんと歩いてゆくカイトを追いかけ、勝は苦笑した。

「カイト。待てよ」

「何だ。今あまり話しかけるな。僕は機嫌が悪い」

「俺、オネーギン役を受ける」

カイトは振り返った。

お前は正気かと言わんばかりの目に、勝は噴き出しそうになった。

「本気だよ。仕事を受ける。事務所に正式なオファーが来ればの話だけど」

「海山先生は無駄に嘘をつく人間じゃない。十中八九来るだろう。だが何故だ」

安楽な仕事ではないぞ、と告げるカイトの眼差しに、勝は笑った。

「だからこそ、だよ。今までやったことのないことにチャレンジしたいから」

「自信がついた、ということだな。いい傾向だ」

請け合う言葉とは裏腹に、カイトは鋭く勝を見据えた。東京の都心とは思えないほど、平日夜の街は静かだった。

「……受けようと思う理由は、本当にそれだけか？」

「いや実は、南未来哉にちょっとムカついて――って言ってほしかった？　そういうのはないんだ。本当にない。十九歳ってあんな感じだったかなって気もするし」

勝が苦笑すると、カイトはやれやれと嘆息した。

「まったく、先々で無駄に苦労しそうな若者だったな。それにしても本当に大丈夫か。オネーギンには気取った言い回しやカタカナの名前も多いぞ」

「あのな、俺だって役者だよ。仕事は仕事だろ。お前だって仮にあの子を演出することになったとしても、気が合わないからって態度を変えたりしないだろ？」

「無論だ。それこそ仕事だぞ。役者全員にあんな態度をとったとしたら、誰かに稽古場から追い出されるかもしれないとは思うが」

勝は笑って頷きつつ、恐らくそうはならないだろうと確信していた。南未来哉は既に大きな舞台を経験した役者である。仮にも主演俳優である人間が、傲岸不遜な態度を崩さずにひとつの芝居を作り上げ、あろうことか賞を受賞することなどできない。中央に腰を据える人間への信頼や人間的な関心がなければ、座組は空中分解してしまう。

喫茶店の中で、未来哉はずっと演じていたのだろうと勝は思っていた。ライバルになるであろう『先輩』と初めて出会った『生意気な後輩』を。そして勝の出方を見ていた。

カイトは複雑そうな顔をしていたが、最後にはまあいいと呟いた。

「好きにしろ。君は僕だけの役者じゃない。僕の言うことをはいはいと聞いている必要なんかない。いや、またそうなるのか」

「……ってことは」

「『オネーギン』の演出を、受ける。僕も」

カイトの言葉に勝はにっこりと微笑み、そうこなくちゃと手を打ち合わせた。

「任せといてくれよ。見た人が笑顔で劇場を出られるようなオネーギンにするからさ」

カイトはますます頭が痛そうな顔をしたが、いつものことと言えばそうだった。

その後帰宅してすぐ、勝はマネージャーの豊田にメッセージを送った。海山氏と会ったこと。『オネーギン』の仕事。もはや朝と言っても差し支えのない時間帯であったにも拘わらず、豊田はすぐに電話を掛け直してきた。

『勝さん、大丈夫ですか。百夜之夢のあとはしばらくゆっくりする時間のはずでしたが』

「実を言うとそこで新しい仕事ができたらいいなあと思ってました」

『相変わらず、ガッツと気合の塊みたいなこと言いますね……』

豊田は苦笑しつつ、勝がやりたいと言っているのであればと前向きに受けとめてくれた。もとより時間的には問題のない話であることは勝もわかっていた。今後入ってくるであろう該当期間のオファーを、事務所で断るようにしますと豊田は請け合った。いつもの如く、頼りになるマネージャーだった。

『正式な依頼が入るまで未確定の話ではありますが、勝さん、よかったですね。また大飛躍です。でも無理だけはしないでください。私も勝さんのファンの一人なので、体調管理だけは万全にお願いしますよ』

「ありがとうございます。今の言葉で元気百倍です」

『そういうところが昔から格好いいんですけど、不安要素でもあるんですよね……』

呆れる豊田に笑い声で応え、勝は夢見心地でベッドに入った。


東京都渋谷区の片隅。暑さの厳しくなってきた初夏。

「こんにちは。サンシャイン・レコード所属、神楽いぶ、二十二歳です。このたびタチヤーナの役をいただきました。頑張りますのでよろしくお願いいたします」

『オネーギン』の座組の初顔合わせ――主だったスタッフ、キャスト、その他関係者が顔を合わせ、間に合っていれば台本が配られる、最初のミーティングの日。

大きな拍手に包まれて、長い黒髪の少女はぺこりと頭を下げた。成人している以上『少女』という呼び方は相応しくなかったが、外見年齢は高校生ほどにしか見えない。輝くオーラをまとった女性は、人気の五人組アイドルグループ『QWON』を引っ張るリーダーでもあった。コンサートツアーはもちろん、レコード会社主催のミュージカル公演などでは主演を務めている。

勝はちらりと、自分の隣の席に目を向けた。

南未来哉は興味なさげな顔で、拍手の後には自分の爪だけを見ていた。動きやすそうな稽古着姿だったが、相変わらず絵になる美貌の青年だった。

神楽いぶの次に、隣席の女性が立ち上がった。セミロングの黒髪をひっつめにした飾り気のない風情で、身長はいぶとほぼ同じなのに、背筋が真っ直ぐな分大きく見える。

「初めまして。日本アクター・アクトレス協会から来ました。タチヤーナ役、檜山菜々、二十六歳です。こんなに大きな役をいただくのは初めてで緊張しておりますが、全力で取り組みます。よろしくお願いします」

いぶの時よりは控えめな拍手が起こった。

キャスト表をもらうまで、勝は檜山の名前を知らなかった。いろいろなストレートプレイに出演し、数々の脇役を務めてきたそうだったが、いぶのような華やかな経歴はほぼない。

神楽いぶは早速、隣の席の檜山菜々にしなだれかかった。

「菜々ちゃん、よろしくー！　いぶって呼んで！　あっ『菜々ちゃん』って呼んでもいい？」

「もちろん！　何だか若返ったみたいで嬉しい。私にも『いぶちゃん』って呼ばせてね」

微笑ましいなあという呟きを聞きながら、キャスト紹介は続いた。

「劇団阿房宮所属、レンスキー役の小川薫です。よろしくお願いします」

「竹正幸。グレーミン公爵役。還暦だ。よろしく」

挨拶が続く間、勝はひとり考えていた。キャスティング、つまり座組に招く俳優を選ぶ作業は、基本的に演出家だけではなく、プロモーターの意見が大幅に加味される。基準はいろいろだが、最も大事なのは集客性、『どれだけ客を呼べるか』だった。落ち目の勝にいきなりオファーが入った『百夜之夢』は例外中の例外である。

稽古場に入る前に、勝はスタッフが小声で話しているのを耳に挟んでいた。いぶちゃんのチケットを取り損ねた客が、菜々さんの日のチケットを買ってくれるかどうか――と。

芝居のチケットは決して安くない。『オネーギン』の劇場は、日本有数のキャパシティを誇る池袋芸術劇場である。膨大にチケットが売れる目算がなければ、そもそも借りることができないハコである。早々に売り切れる比較的安価な席でも数千円、A席やS席であれば一万円を超える。

では自分は？　チケットを売るに足る俳優なのか？

いろいろなことを勝が考えているうちに、隣席の男が立ち上がった。

「南未来哉、十九歳。日本語版の『オネーギン』は初めてです。英語版はドイツでやりました。よろしくお願いします」

けだるく立ち上がった未来哉は、最低限の自己紹介を済ませると、すとんと着席した。輝くばかりのオーラを放つ新人に、場の一同の目が釘付けになっているのが勝にはわかった。勝は一拍置いてから、大きな笑顔を作って立ち上がった。

「こんにちは！　赤樫マネジメント所属、二藤勝です。大役に緊張しておりますが、精一杯つとめられるよう力を尽くします。ちなみに苗字は、ふたふじとか、にとうとか、いろいろ呼ばれるんですが、読み方は『にふじ』です。よろしくお願いしまっす！」

小さな笑いと共に、勝にも拍手が送られた。

キャストやスタッフ、一通りの自己紹介が終わると、カイトと、その隣の女性が立ち上がった。壮年と言うより老年の女性は、背が低く、真っ黒なサングラスをかけていた。

「こんにちは、初めまして。あるいはご無沙汰しております。鏡谷カイトです。『オネーギン』の演出を務めることになりました。よろしくお願いします。こちらにいらっしゃるのは森かなえ先生。日本語版の戯曲『オネーギン』の翻訳者です」

「……はじめまして。森かなえです。英文学者という肩書で、いろいろやらせていただいていますが、今回は翻訳者です。余談ですが、ロシア文学の『オネーギン』を先年、プラタナス文庫で日本語に翻訳したのは、夫の森高博でございます。よろしくお願いいたします……」

へえ、という声が場を行き交った。勝は初めて見るタイプのスタッフだったが、確かにもとは英語の台本である。誰かが翻訳しているはずだった。

　森は舌がもつれたような、のったりとしたハスキーボイスで喋った。

「ええ、『オネーギン』は……もとはロシアの韻文小説であった文学作品です。韻文というのは……短歌や俳句のように、音のつらなりが大きな意味を持つ、音楽的な詩のことだと思ってください。『オネーギン』を英語劇にしたイギリスのヒューバート・ローリンソンは、疑いなく素晴らしい仕事をしています……私は彼の仕事を、できる限り忠実に日本語に移し替えようと試み、夫をはじめ、多くの専門家の力を借りましたが……舞台には舞台の流儀がございます。皆さまが演じられる中で、疑問に思う点や、こうした方がよいのではないかと思われる点なども出てきたら、わたくしに声をかけていただければ……ヒューバートの意志に反しない範囲で、できる限りお力になりたいと思います……よろしくお願いいたします」

　なるほどと勝はうなずいた。森かなえは、原作に関係した事項の、困った時の質問相手というポジションであるようだった。

　拍手の中で誰かがすいと手を挙げた。未来哉だった。

「森先生、早速質問いいですか。ぼくはドイツで英語版の『オネーギン』を演じているので、英語版の台詞はひととおり頭に入ってます。ヒューバートにも直接会いました。でも今のは、その時と完全に同じように演じろってことじゃないですよね？」

「もちろんです」

森は即答した。声色はどこか微笑んでいるようだった。

「言語というのは不思議なもので……内容的にはほぼ同一であっても、用いられる言語によって、まるで異なるニュアンス、色合いを帯びるものです。逆にお尋ねしますが……英語版と日本語翻訳版、まるで同じように演じたとして、うまくかみ合うと思いますか……?」

「思いません。ひっどいことになりそう」

未来哉の嫌そうな顔にフロアは沸いた。森は笑わず、そうでしょうと静かに頷いていた。

「もし『うまくかみ合う』のだとしたら……あなたにはもう、稽古の必要がないということになります。そういうことはないでしょう? ねえ……鏡谷先生」

「森先生の仰る通りかと」

「わかりましたー」

未来哉はさっぱりとした口調で答え、また自分の爪を眺めはじめた。

勝は微笑を浮かべつつ、嫌な汗が背中を伝うのを感じた。未来哉と森が何を言っているのか、勝にはわからなかった。学生時代は生徒会活動と剣道に打ち込んでばかりで、英語のテストは平均点がいいところだった。話せるはずもない。未来哉と自分とは土台が違う。今更の話だったが、それを目の前に突き付けられた気がした。

勝は不意に怖くなった。ひょっとしたらここに二人並んだ自分と未来哉も、神楽いぶと檜山菜々のように、『注目度の高い方』と『そうでもない方』として見られているのだろうか――と。

勝は改めて、自分が背負おうとしている荷物の重さにぞっとした。


顔合わせの日に配布された『オネーギン』の台本は、辞書のような分厚さだった。主役の行動が物語の進行とほぼ重なる『百夜之夢』とは違い、『オネーギン』では主人公オネーギンとヒロインであるタチヤーナが別れ別れになっている期間が長く、それぞれの行動を描写してゆくため、場面転換も多い。出トチリに気を付けなければと勝は肝に銘じた。

正式に役が決まってすぐ、勝は書店で翻訳小説『オネーギン』を買い、目を通していた。勝の見る限り、台本は原作の物語をほぼ忠実になぞっているようだった。

主人公オネーギンは帝政ロシアの首都、サンクトペテルブルグで育った貴族の青年。シニカルで鼻持ちならない性格をしており、叔父の遺産で裕福である。

ヒロインのタチヤーナは、同じくロシアの田舎貴族の娘で、ロマンティックな文学作品を好む夢見がちな少女。婚約者はいない。妹のオリガは姉とは対照的に活発で、既にレンスキーという婚約者がいる。そのレンスキーとオネーギンが友人だった縁で、二人は出会う。

出会った時、オネーギンは二十五歳、タチヤーナは十七歳。八つも離れているが、当時の価値観からするとどちらも『独身の若者』で、恋愛可能な年齢差だった。

レンスキーを介し、オネーギンはタチヤーナの住む田舎の家、ラーリン家に招かれる。あまりの野暮ったさに早々に嫌気がさすオネーギンだったが、タチヤーナは初めて目にする都会的な紳士に夢中になり、一晩で情熱的なラブレターを書き上げ、乳母に託してオネーギンに渡してもらう。当時の未婚の女子の振る舞いとしてはもってのほかの行動だったが、恋の情熱は止められなかった。

しかし後日、オネーギンは愛に応えるどころか、軽薄な行いは慎むべきだと説教をし、タチヤーナは打ちひしがれる。

勝はこのシーンを小説で読んだ時、タチヤーナにもオネーギンにも頭を抱えたくなった。タチヤーナのラブレター作戦は、夜中のテンションで書いたメールを相手に送りつけるようなものだし、オネーギンはオネーギンで、少女の純情を軟着陸させようという努力すらしない。どっちもどっちとはいえ、胸がキリキリするような、嫌なリアルさが漂っていた。

　その後、オネーギンは再びタチヤーナの家に招かれる。今度は彼女の名前の祝いの日である。敬虔なキリスト教徒の多い国では、生年月日による誕生日のほかに、自分と同じ名前の『聖人の日』を『名前の祝いの日』とし、盛大なパーティをする習慣があった。

　だがその祝いの日に大事件が起こってしまう。

　オネーギンを諦めきれないタチヤーナは、うんざりしている彼に熱い眼差しを送り続け、苛立ったオネーギンは、腹いせに妹のオリガを口説き、二人で踊り始める。これもまた時代背景を考えれば破廉恥なことで、他人の恋人とデートをするようなものだった。

　事情を知らないレンスキーは激怒し、オネーギンに決闘を申し込む。

　このシーンに差し掛かった時、勝は剣戟のアクションシーンを予感し興奮した。チャンバラは得意分野である。

　だが当時の社会には、既に拳銃が存在した。

　決闘は、二人で短銃を構えて向かい合い、互い違いに引き金を引くというものだった。ほぼダイレクトな殺人である。

　オネーギンは勝利し、親友レンスキーを殺してしまう。

　絶望の瞬間だった。

その後、物語の舞台はおおよそ十年後へと移る。親友を殺したオネーギンは落ちぶれ、何もかもを失った状態で故郷のサンクトペテルブルグに戻り、グレーミン公爵の舞踏会に招かれる。公爵の名前は原作だと『N』としか書かれていなかったが、オペラやバレエでは『グレーミン』という名前で呼ばれているらしく、戯曲はその路線を踏襲していた。

そこで彼が出会ったのは、グレーミン公爵夫人になった美しいタチヤーナだった。オネーギンは呆然とする。あれがタチヤーナなのかと。

彼は熱に浮かされたように、タチヤーナに熱烈なラブレターをしたためる。このあたりからもう勝は気まずさのあまり本を閉じたくなったが、オネーギンは止まらない。タチヤーナに手紙を届け、あろうことか返事がないのでと部屋を訪れる。もちろん夫の留守中に。

しかしタチヤーナは、オネーギンをすげなく遇する。

自分はもう人妻であり、かつての自分たちとは違うのだと。

無様に取りすがるオネーギンにタチヤーナは涙を流すが、最後には彼女は公爵夫人としてオネーギンを追い返し、オネーギンは夜の街に消えてゆく。

彼のその後は語られない。原作同様、台本もそこで終わっていた。

原作本を読み終わった時、勝は天を仰いでため息をついた。台本を読み終わった時にも、勝は呻き声をあげて引っくり返った。

役を演じるということは、その人物を『生きる』ことに他ならない。オネーギンを演じることは、苛烈なロッククライミングのような難行になりそうだった。

大きく分けて三つ、勝には困難の山が見えていた。

第一に、勝はオネーギンが好きになれなかった。

年下の女の子に優しくできないところは、素直になれないのだろうと考えるとしても、親友をからかってトラブルに発展したあげく、ごめんの一言も言えずに殺してしまうところが駄目だった。時代背景を考えれば頭を下げてもことは済まなかったかもしれないが、それでもあまりに自分本位に思えてしまう。

第二に、勝は自分がオネーギンを演じられる自信がなかった。

オネーギンは貴族的な立ち居振る舞いのできる紳士で、鼻持ちならない男ではあるものの、何となくミステリアスで格好いいキャラクターである。勝がこれまで演じてきたのは、再現ドラマを除けば正義のヒーロー『オーシャンブルー』と、野武士『百』だった。かなり路線が異なる。

第三に、オネーギンを演じるのは、勝一人ではない。

原作小説を読んでいる間、勝の頭の中のオネーギンは、ずっと南未来哉の顔で動き、台詞を喋っていた。喋り方や性格まで、南未来哉は完璧なオネーギンである気がした。

性格には毒があるが、華麗でチャーミング。素で演じられそうである。

「………ぐえ……」

マンションの部屋で、勝は机の右に原作小説を、左に分厚い台本を置き、途方に暮れた。

幸い稽古はまだ始まっていない。本格化するのはキャストたちの他の仕事が片付き始める八月の終わりからである。だがメインキャスト、すなわち初顔合わせに出席したオネーギン、タチヤーナ、レンスキー、グレーミンとオリガ役だけで、それまでの間、小規模な合宿が行われるという告知も既に受けていた。先立って十日ほど、オネーギン・キャンプのような催しが行われるのである。日本初演の有名戯曲という点からして、プロモーターも万全を期したいようだった。

それを加味しても、七月の終わりから十月の公演開始まで、ほぼ二か月。

その期間で勝は、好きにもなれなければ演じる自信もなく、超強力なライバルが存在する役を、ものにしなければならなかった。

頭を抱えて机に突っ伏していると、携帯端末が賑やかな音を立て始めた。画面を見ると『カイト』と表示されている。電話だった。勝は明るい声を絞り出した。

「もしもし！　どうしたんだカイト。さっき稽古場で会ったばっかりなのに」

『お前、大丈夫か』

勝は言葉に詰まった。

天才と呼ばれる勝と同い年の男は、相変わらずの無愛想な声で問いかけてきた。

『挨拶の後、なんだか上の空だったように見えたものでな』

「……そ、そんなことなかっただろ！　でも有名人がたくさんいて緊張したよ。はは」

『何を言っているんだ。君だってスタッフにサインをしてやっていただろう』

「ほんとに何でもないって」

『ならいい。まだ読み合わせもしていないのに自信を喪失されたら困るからな』

心臓を突き刺すような図星の矢に、勝は顔をしかめたが、カイトは気づかず言葉を継いだ。

『君のオネーギンが今から楽しみだ。よろしく頼むよ、二藤勝』

カイトの言葉が、勝にはヒーローの名前を唱える子どものように聞こえた。

鏡谷カイトこと、蒲田海斗（かまたかいと）が言うには、勝は高校時代のヒーロー、あるいは救い主であった。いじめられっ子だったカイトの存在を、曲りなりに救ったのが勝であったのだと。それ以来カイトは勝に『恩を返す』ことを考え続け、ついには『百夜之夢』というエンターテインメント大作で、勝を晴れの舞台に引っ張り出した。

弱音を吐いているところなど、カイトに見せたくはなかった。

勝はガッツポーズを作り、おうっと力強く答えた。

「任せとけ。びっくりさせてやる」

『楽しみだよ。本当に楽しみだ』

それじゃ、と言い残して、カイトは電話を切った。

頬を叩いて気合を入れ直し、勝は再び台本を開いた。全ては暗記からである。できる、俺にはできると自己暗示をかけるうち、またスマホが振動した。今度はメッセージである。

画面には『司さん』と表示されていた。『百夜之夢』でお馴染みの先輩俳優、天王寺司である。面倒見のいい兄貴分だった。

『おつ～。がんばってる～？』

気の抜けるようなメッセージに、勝は笑いながら返信をした。

『頑張ろうとしてます！　新CM見ました。ふわっと香る恋の味！』

天王寺が出ているグレープフルーツ味のカクテルのCMを、勝は帰りのタクシーのパネルの中で見たばかりだった。勝の知る天王寺は、夜の街で一人ウイスキーを傾けるのが似合いそうな男だったが、CMの中では白いシャツのさわやかな好青年でしかなかった。老獪さと若々しさを、いつも引き出しにキープしている演技派である。

彼がオネーギンを演じたら、きっと面白くなるに違いないと、勝がぼうっとしていると、返信があった。

『頑張ろうとしてるって、なんか勝ちゃんらしくないね。五分くらい電話する？』

電話する？　の後ろには、サングラスをかけた顔の絵文字が入っていた。天王寺が『かっこいい自分』を演出したい時ちょくちょく使うマークである。勝は笑いそうになった。

また今度、もう少し落ち着いたころに電話したいですと勝が書き送ると、『りょ』の一言と、何故か魚の絵文字が返ってきた。やりとりはそこで終わった。

「………らしくない、か」

勝は気分転換の筋トレをした。そして頭の中のありったけのポジティブワードを口に出して自分に言い聞かせ、汗だくになるまで家の周囲を走り、ぜえはあしながらシャワーを浴びた。少しは頭が晴れた。だがどれほど気分を切り替えても、池袋芸術祭において、勝と未来哉の演技合戦が催されることは、揺るぎない事実だった。


次に勝と未来哉が顔を合わせたのは、オネーギン・キャンプことワークショップが始まってからだった。多忙な神楽いぶは主にオンライン参加となったが、その他のメインキャストは大方揃っている。巨大な大道具の位置決めや搬入搬出のリハーサルもあるため、稽古場は横幅が二十メートル近くある体育館のような広さの平屋建てだった。

　初顔合わせから時間が空いたので、最初に行われたのは二度目の自己紹介だった。

「海山塾の竹正幸だ。グレーミン公爵役。よろしく」

おやと勝は眉を上げた。前回の自己紹介では口にしなかった所属で、勝は未来哉と竹正幸氏が同じ海山塾の所属であることを知った。竹は中肉中背タイプで、肌にも張りがあり、実年齢よりもかなり若く見える。活動分野はほぼ舞台演劇のみだった。

　塾の先輩と一緒にここに来ているわけかと思いながら、勝はちらりと未来哉の顔を見た。主演同士、相変わらずの隣の席である。だが未来哉はどこも見ていなかった。

　竹など存在しないような顔で、つまらなそうに中空を見ている。

　もしかして未来哉は海山塾でも、俳優全員に喧嘩を売っている感じなのだろうかと、勝が少し呆れた時、竹がちらりと二人を見た。正確には未来哉を。

「未来哉くん、楽しもうね」

「はあ」

　未来哉は短く応じ、深々と頭を下げた。勝には今一つ二人の関係がわからなかったが、ともかく二度目の自己紹介は終わった。

　その後、それぞれの稽古に移る前の人々の波の中で、勝は無意識にカイトを捜していた。何か言ってほしかった。大丈夫かではなく、アドバイスがほしかった。きっと苦労しているだろうからこういうことをするといいぞという言葉がほしかった。

「カイト」

「ああ。勝。どうした」

「…………いや……実は……あー……」

無意味に笑って言葉を探しているうち、思い出したようにカイトは口を開いた。

「南未来哉のことだが」

「え？」

「彼は見かけ以上に子どもだ。手加減してやってくれとまでは言わないが、まあ胸を貸してやってくれ」

「…………」

それじゃあと言って去っていったカイトの後ろで、勝は作り笑顔のまま立ち尽くすしかなかった。

鏡谷カイトは、勝を信じている。信じ切っている。

胸の奥の不安の黒雲をねじ伏せるように、勝は唸り、再び両手で頬をはさみこみ、パチンと音を立ててはたいた。

力いっぱい漕いだ後は、しばらく何もしなくても自転車が進んでゆくように、一度気合を注入すると、勝のガッツは長く続いた。失敗してもめげず、しかし同じことを繰り返さないようにメモをとり、二度同じ駄目だしをされないことを心掛けた。

だがオネーギン・キャンプの開始から二日。

勝は自分が、壮絶な空回りをしていることに気づいた。

南未来哉を、日本が誇る演出家海山が『秘蔵っ子』などという言葉で紹介した理由が、稽古の開始からすぐ、勝には痛いほどよくわかった。

「どうか行かないで。私の心をこれほどまでにかき乱すのはあなたしかいない」

「おやめください。私は既に十七歳の少女ではないのです」

「いいやあなたの心はあの日のまま輝いている。私には空をわたるひばりのような声が聞こえる。愛をうたう春の鳥の声が！　タチヤーナ！　私を愛してくれ！」

物語の大枠を摑むため、肝になるシーンだけ最初にざっとやってみようというカイトの提案で、すがるオネーギン、拒絶するタチヤーナという最終局面に、キャンプ開始二日にして勝たちは挑んだ。いぶは不在なので、未来哉オネーギン、勝オネーギン共々、檜山タチヤーナが相手役を演じる。

タチヤーナの足元に跪き、スカートの裾をつかんで口づける未来哉は泣いていた。ついさっきまでつまらなそうな顔でスポーツドリンクを飲んでいたのが嘘のような豹変ぶりに、稽古場の全員がくぎ付けになっていた。

長台詞の応酬を滔々と演じ、勝がごくりとつばを呑んだ時、台本を叩く音が響いた。カイトが芝居を止めたのだった。

「そこまで。未来哉、檜山さん、ありがとう。次は勝だ。同じところを頼む。檜山さん、どうしますか。少し休憩しますか」

「私は大丈夫です」

「おえー。鼻水出かけた。ティッシュどこ」

一瞬でオネーギンから素に戻った未来哉に、勝はたじろいだ。十九の時、自分はあんなことができただろうかと思うと、背中を冷たい指で撫でられたような気がした。

集中しきれないまま勝は同じ場面に臨み、台詞を口にするだけで精一杯のまま演じ始め、演じ終わった。パンと台本を叩く音が聞こえた時、勝はようやく長い死刑が終わったような気がした。カイトは何も言わなかった。スタッフたちも黙っていた。

最初に喋ったのは、いぶの映っているノートパソコンだった。

『勝オネーギン、めっちゃ真面目！　なんか武士っぽい！』

ＰＣ画面ごしのいぶの言葉に、稽古場は多少、沸いた。笑わないスタッフの方が多かったのは、笑いごとではないという危惧が上回ったせいだろうと勝は思った。

二人のオネーギンの間に、差がありすぎる。

勝は至極平静を取り繕い、ぺこりと一礼して稽古場の隅に下がった。今は駄目だしをする段階ではなく何となく全体像をつかむための芝居なのだから、今から完璧を目指す必要などないのだからと、ポジティブワードの総動員をかけたが、結局ひととおりの流れを摑む稽古が終わるまで、勝の気持ちは上の空のままだった。

昼休憩時、こうなったらと一縷の望みをかけ、勝は弁当を持って未来哉に近づいていった。

だが美貌の天使は、悪魔のような笑みを浮かべた。

「だめですよ、二藤先輩。何も教えません。敵に塩を送るようなものですから。怖ーい。先輩が本気になったら、ぼくなんて一瞬で追い抜かれちゃいそう。今の内にコツコツがんばっておかなくちゃ」

未来哉は甘い毒を滲ませ、ニコニコと微笑んでいた。しかしこのまま引き下がっては声のかけ損だと、勝は困った笑顔で言葉を続けた。

「で、でも、もしよければ……何か一言、アドバイスとかもらえないかな？」

「くっだらな」

未来哉は吐き捨て、長い睫毛を見せびらかすようにまばたきをした。

「そもそも先輩の中には、先輩自身のオネーギン像があるんですか？　役作りが全然足りてないように見えましたけど。あなた一体、何しにここに来たの？　って、海山先生の舞台だったら言われそう。まあでも、鏡谷演出は海山先生ほど厳しくないか。

失礼しますね」

　未来哉は軽く頭を下げると、ふわふわした巻き毛をなびかせ歩き去っていった。

「………………」

　勝はふーっとため息をついた。

　役作りが全然足りていない、という言葉は確かにその通りだった。

　勝にはオネーギンがまるで理解できていない。『そういう人もいるんだな』止まりである。南未来哉という人物を理解しろと言われているのに似ていると考えた時、勝は少し笑った。紙の上の存在だったオネーギンが、少し近づいてきてくれた気がした。

「……うん。一人で唸ってても、時間の無駄だ」

　勝はその日、稽古を終えて立ち去ろうとするカイトを呼びとめ、助言を仰いだ。オネーギンという人物が摑めないと。カイトはしばらく、ぼうっとした顔をした後、噴き出した。

「当然だろう。君はまだ彼に出会ってから数か月だ。他方、南未来哉はもう年単位の付き合いをしている上、既に演じた役でもある。摑み方に差があるのは当たり前だ」

「いや、未来哉くんのことじゃなくて……」

「なら何なんだ。今日のお前の演技は明らかにへぼだったが、それはお前が役を摑めていないせいじゃない。自分の役に集中していなかったからだ」

全く、とカイトは苛立たしげに吐き捨てた。

「お前と未来哉を同じキャンプに入れたのは失敗だったかもしれないな。学び合えると思っていたが、互いを意識しすぎるのも非効率的だ」

勝は何も言い返せなかった。うまくやれなくてごめん、と言うかわりに頭を下げると、カイトは笑い声のような吐息を漏らした。

「正直、面白いぞ。二藤勝が年下のライバルを意識しすぎて、我を忘れかけている。動画を撮影しておきたい。いや実際、今後の稽古のために録画はしているが」

「お、お前……すごいサド的な発言だぞ、それは……」

カイトはにやりと笑った。仏頂面がデフォルトのカイトの、精一杯の優しい顔だった。

「焦るな。意味がない。役作りのための時間が必要だというなら、キャンプを離れても構わない。だが一人になるな。孤独は無駄に人を追い詰める」

「お前の目の届くところで頑張れってことか？　でもそっちはキャンプで陣頭指揮をとるわけだし、キャンプと俺を両方同時に見るのは難しいだろ」

「……………できればこれは、もうしばらく言いたくなかったんだが」

勝は眉間に皺を寄せた。悪いニュースであれば早く知っておくに越したことはない。

だがカイトの顔色は、沈痛というより、不満を抱えている子どものようだった。

「実を言うとオファーが来ている。お前、今のまるまる二倍、忙しくなる覚悟はあるか？」

「オファーって……それは、『オネーギン』のために？」

「そうだ」

「当たり前だろ」

そうかと頷いたカイトは、もう一つ、と指を立てた。勝はごくりと唾をのんだ。

「お前、実家は鮮魚店だったよな。当然、魚を捌けるな？」

勝は数秒、言葉の意味を考えた後、困惑しつつ頷いた。


「勝ちゃん、おひさー！　おじさん会いたかったよ！」

勝の前に立っているのは、押しも押されぬ実力派俳優、天王寺司だった。

オネーギンの稽古後、勝が招かれたのは、彼の暮らすマンションだった。自宅ではなく、しばらく借りているスペースだという。バストイレと広々としたキッチン、ベッドの置かれた寝室を除けば、あとはがらんとした防音スペースだった。家というより稽古場である。

カイトが持ってきた『オファー』とは、天王寺から勝へのものだった。

「実はこのスペースで、勝ちゃんにちょっと付き合ってほしいことがあってさ」

「魚の捌き方、でしたっけ……？」

「その通り。直近の撮影じゃないんだけど、ドラマの役が『海辺のレストランの伝説の料理人』でさ、手元のアップもできれば俺で撮りたいとかいうわけよ。ズームアウトしていく感じで。昔は手タレントもしてたから、それなりに自信はあるけど、いくら手がよくても魚の扱いがアレだったら伝説も何もないじゃん」

天王寺のリクエストは真実、魚の捌き方だけだった。三枚おろし、わたぬき、エビの背ワタ取り。ドラマの側で料理教室に通う予算や講師は何とかするという話だったが、その日程と天王寺の都合が合わない。そしてただ捌くだけ捌いて終わり、食べない、というやりかたもまた、天王寺の好みではなかった。

「勝ちゃんは魚にかけてはセミプロでしょ。この際だからしばらく一緒に暮らさない？　夕飯は毎食魚で、勝ちゃんが俺に捌き方を教える担当。その他の家事は全部俺がやる」

「それは……！　大分、助かりますけど……」

「勝ちゃんのキャンプ後の読み合わせとか、自主トレには全部つきあうよ。っていうかおじさんも若い子と一緒に稽古できたら刺激になるから、付き合ってくれたら嬉しい」

「……ありがとうございます！」

「決まりね。明日は荷物持ってきな。魚はこっちで準備しておく」

勝は全身の力が抜けてゆくような気がした。そもそも天王寺とは『百夜之夢』で気心が知れている上、その時にも稽古場で何度も適切なアドバイスをくれた先輩であり、先生でもある。コスプレ劇にも何度も出演した経験があり、フランス革命の貴族だのルネサンス時代の謀略家だのを見事に演じてきた。勝には質問したいことが山のようにあった。

一方的にボコボコにされるスパーリングのようなオネーギン・キャンプを生き抜き、勝は大荷物を抱えて天王寺のマンションを訪れた。そしてホウボウと格闘している天王寺を助太刀し、奇跡を起こした聖人のように感謝された。長年の実家の手伝いを手が覚えていた。

「こう、グッと親指をいれて、繊維を裂く感じです」

「あ、思い切りが大事なわけね」

「はい。手の温度が移るとおいしくなくなるので、素早くやるのがコツです」

天王寺がレシピを見ながら仕上げたホウボウのアクアパッツァと、ガーリックトーストをぱくついた後、二人は近くの公園で走り込みをした。勝はこの時間に金を払いたかった。泣きそうなほど気分が切り替わり、蓄積されていた絶望感がほどけてゆく。

そして天王寺は丁寧に、勝のオネーギンの稽古を見てくれた。

「ああ夢よ！　私の若さはどこへ行ったというのか！　青春の花冠もじき枯れてしまうだろう。私の生涯の春は、永遠に飛び去ってしまった」

ソファに腰掛けた天王寺は、台詞を諳んじた勝にぱちぱちと拍手した。

「いや、すごいね。これ一週間で全部頭に入れたんでしょ。大したもんだよ」

「でも暗記だけじゃ芝居になりませんよ……」

「そりゃそうだ。でも勝ちゃんが思ってるほど悪くはないいんじゃないの」

天王寺は立ち上がり、勝の手からそっと台本を借り受けると、眉間に皺を寄せて読み込んだ。勝が入れ替わりにソファに座った時、天王寺は顔を上げた。

「ああ、夢よ。私の若さはどこへ行ったというのか。青春の花冠もじき枯れてしまうだろう。私の生涯の春は、永遠に飛び去ってしまった！」

深く、よく通る声と滑舌。堂々としつつ柔らかな立ち居振る舞い、ドラマティックになりすぎない抑揚。勝がため息をつくと、天王寺はにやりと笑い、どう？　と問いかけた。

「か……かっこよかったです！」

「どこが？　あーあー、本当に言わなくていいから。それを全部心のノートにメモしておきな。それが足りないものってことだ。で、それをカイトの前でやってみなよ。あいつも駄目だしをするだろうから、それをまた持って帰ってくればいい。トライアンドエラーだ」

「……司さん、本当にありがとうございます……」

それからも勝と天王寺との特訓は続いた。天王寺は呑み込みが早く、曰く『毎日魚チャレンジ』開始から二日で、きれいな三枚おろしをマスターしていたし、悪戦苦闘していたエビの背ワタとも、ある程度仲良くなることに成功していた。自分が誰かの役に立てているという感覚が、勝はしみじみと嬉しかった。

そして天王寺もまた、勝のいい教師だった。

稽古場での未来哉との日々が、徐々に勝は気にならなくなってきた。オネーギンの役作りが足りないという大前提を自覚すると、脳内からライバルの存在は消え、集中力が研ぎ澄まされる。勝は昼の間にできるだけたくさんの駄目だしをもらい、夕方の魚チャレンジでその傷を癒し、天王寺と役のブラッシュアップに励むというルーチンを作った。目が覚めてから寝るまで、全ての時間がオネーギンのために存在していた。

伝説の料理人とはまた別の案件だというシェイクスピア劇の台詞を、天王寺はブツブツと諳んじながら魚を捌き、勝は奇妙で愉快なクッキングの時間を共有した。

その日、勝は芝居の中盤、オネーギンが自分の存在の虚しさについて吐露する場面を見てもらいつつ、未来哉のことを思い出していた。一緒に食事に行かないかというスタッフたちからの誘いを即答で断り、嫌な顔をされてもまるで気にせず直帰してゆく姿を。

「ん。どしたの勝ちゃん」

「……いえ、未来哉くんのこと、ちょっと考えてて」

勝には未来哉の行動の理由がわからなかった。勝は人が好きで、人と仲良くするのも好きだった。とにかく人に親切にして損はないというのが、客商売を長く続けてきた父母の考え方だったこともあり、ぶっきらぼうな言葉や無愛想な対応には罪悪感がわいた。

だが南未来哉の行動は、勝の苦手路線のど真ん中をゆくものだった。いっそ心がけて嫌な人間を演じているように見えてくるほどに。

どうしてあんな、と呟く勝に、天王寺はくっくと喉を鳴らして笑った。

「勝ちゃんは相変わらず素直だね。まっすぐ伸びた杉の木みたいだ。俺とは大違い」

「……じゃあ、未来哉くんの気持ちもわかるんですか？」

「ひとの気持ちが簡単に『わかる』なら、芝居の面白さなんて半減しちゃうと思うけど」

そう断りつつ、天王寺は微笑み、穏やかに告げた。

「その子はさ、海山先生の秘蔵っ子なんだよね？　少なくとも海山先生自身が、彼をそう紹介した。大抵の人間はその情報を知ったらこう思うよ。『ああ、この子と仲良くすれば海山塾と縁ができるかもしれない。仕事につながるチャンスだ』」

　確かにと勝は頷いた。そして未来哉がドイツでオネーギンを演じた時、彼がまだ高校生くらいの年だったことに思い至った。まだまだ遊んだり悩んだりしたい年頃である。それがいきなり、超のつく人気者になってしまったら。

　下心でいっぱいのおべっかに、うんざりしていてもおかしくなかった。

「まあ他にも理由はあるのかもよ。でも俺が『南未来哉』って、ひねくれた若い男の子を演じるとなったら、まずはそういう解釈でいくかなってだけの話」

「あ……その考え方はわかりやすいです」

「でも過剰な思い入れや同情は大敵。俺達は役者なんだから、暗い感情だってもりもり食べて養分にしちゃう悪食だ。四の五の言わせず、実力でぶっとばしちゃいな」

　そう言いながら、天王寺は左の二の腕に右手を置き、グッと力こぶを作って見せた。喧嘩に行ってこいとけしかける不良の親分のような様子に、勝は少し笑った後、切ない気持ちになった。天王寺は目ざとく気づいたようだった。

「どしたの？」

「……いや、『主演男優賞』とか、お客さんの投票とか、どうしてそんなイベントがあるんだろうなって、今のでちょっと連想したみたいで」

　勝は乾いた声で笑って見せた。天王寺は椅子の上で脚を組み、唇を歪めた。

「ふーん。嫌なんだ」

「はい。実はちょっと」

口にした後、勝は自分が『ちょっと』どころか『かなり』嫌がっていることを自覚した。未来哉と自分を比べられたら勝ち目がない、という現実的な問題とは異なる次元で、演劇の世界に競技スポーツのような優劣を持ち込むことが腑に落ちなかった。

「……純粋に、お客さんに楽しんでほしいんです、俺は」

苦笑では処理しきれない苦々しい感情を、勝は持て余していた。

「なんでキャストを比べるようなことをするんですかね？　芝居とか、絵とか、音楽とか、そういうものって『こっちが上で、こっちが下』って言えるようなものなんでしょうか？」

「それはまあ、個人の好みの問題になるからね」

「ですよね」

「でも俺は、意味がないとは思わない」

たとえば、と天王寺司は、左右の手の人差し指を立てた。

「『よくわからない画家の展覧会』と、『よくわからないけど何かのコンクールで金賞をとった画家の展覧会』があるとする。観に行く時間は一つ分しかないとして、どっちを選ぶ？」

「……たぶん、『金賞』の方じゃないかと」

「素直だねえ。そう、ビールでもお菓子でも『ナントカ一位！』はもう耳タコだ」

勝には話の行く先がおぼろに見えた。天王寺はにやりと笑い、左右の手の指をもう一本立て、ぐにゃりと曲げ、ダブルクオテーションのジェスチャーをして見せた。

「いわゆる『一位』ってさ、別に何がすごいとか、そういうのじゃないんだよ。陸上競技やスキージャンプの結果みたいな厳密な数字の話でもない。ただ『これは見たり聞いたりする価値があります』ってことを数字で表す、消費者の決断を後押しする要素の一つだ。でもって勝ちゃん、人間がどういう時に、強いストレスを感じるか知ってる？」

「え？　ええと……いろいろあると思いますけど」

「そうだね。その一つには『決断を迫られる時』っていうのもある」

決断、と勝は繰り返した。思いもよらない言葉だった。天王寺は頷いた。

「画家の金賞も、主演男優賞も、『誰かより優れている』って勲章じゃないんだ。迷ってるお客さんの決断の後押しを手伝うだけの情報。それもまたお客さんへの貢献、楽にしてあげる行為ってわけ。そこを差し置いて『楽しんでほしい』なんて、随分面白いこと言うね」

「………」

「まあ個人の感覚の話だよ。ただ俺は、お客さんが喜んだり盛り上がったりしてくれるなら、何でも比べっこすれば？　って思う。この業界、話題性がないものは見向きもされないから」

天王寺の言葉は、勝の胸にすとんと着地した。

どちらが上かを決める、真剣勝負の演技合戦、ではなく。

あくまでお客さんが劇場に足を運びやすくするための、イベントとしての戦い。

勝は自分が俳優というエンターテイナーであることを改めて突きつけられ、恥じ入った。

「どしたの」

「……俺……何か……勘違いしてた気がします。恥ずかしいな」

「やれやれ。まあ勝ちゃんが何を言っても、池袋芸術祭も主演男優賞争いもなくなるわけじゃないだろうから、そこは楽しんじゃったもん勝ちじゃない？」

勝は泣きそうな顔で笑った。少しわかった気がした。

南未来哉が、勝を挑発するような真似をする理由が。

その方が『全て』をエンターテインメントとして考えた時、面白いから。その方がメディアに語る時、わかりやすい話題になるから。もちろん勝に未来哉の内奥などわからなかった。だがそういう可能性もあると考えた時、勝は未来哉が何を考えているのかにこだわることをやめようと決めた。それよりも、自分にも未来哉にもプラスになる方向に、芝居の盛り上がる方向に、気持ちを向けたかった。

勝は天王寺に断りをいれて、もう一度、夜の公園を走りに行った。稽古場で時々催される、短距離の全力疾走の繰り返しで、体に力がこもらなくなるまで走った。

汗だくになって戻ってくると、翌朝の仕事の早い天王寺は既に就寝していたが、テーブルの上には何かが置かれていた。ボールペンで殴り書きしたメモだった。

『勝て。そのうち一緒に牛丼食べに行こう（魚じゃなければ何でも可！）』

頑張れ、でも肩の力を抜け、と告げる一言に、勝は少し笑い、メモに頭を下げた。


オネーギンの役を摑むことにのみ集中すると、勝は稽古場で嫌な汗をかくことがなくなった。うまく集中できているという感覚は心地よく、カイトからの駄目だしもありがたかった。それを夕方の天王寺の『稽古場』に持ち帰り、ざっとまとめて翌日に生かす。

場面ごとの稽古のつらなりが、徐々に大きな流れへとつながりかけている、オネーギン・キャンプの中盤。珍しくＰＣごしではなく本当に顔を出している神楽いぶに、勝は昼休憩中、稽古場の外の廊下で声をかけられた。何か言いにくいことのようで、いぶはファンに『女神』と呼ばれる顔を、苦く歪めている。最後に直接見かけた時より、体の輪郭線が少しだけふくよかになっているような気がしたが、そんなことはもちろん口には出さなかった。

ちょっと劇の質問をしたいんですけど、と前置きし、いぶは問いかけた。

「このお芝居って、何が面白いんですか？　こんなこと鏡谷さんとか森さんに質問するの、ちょっと怖くて」

それはそれで問題だと思いつつ、勝はいぶに質問の続きを促した。いぶはもじもじ喋った。

「つまらないって思ってるわけじゃないんです。でも昨日かれ……お母さんに『今やってる劇、どこが面白いの？』って質問された時、答えられなかったのがショックで」

「ああ……確かに一言で答えようとすると難しいよね、この劇」

「ですよね！　ですよね！　でも何とかしたくて」

勝はうーんと唸りつつ、何となく考えていたことを口に出してみた。

「あくまで俺の話だけど、この劇はオネーギンの『虚無度』の話だと思ってる」

「きょむど？　って何ですか？」

「いや、勝手にそう名前をつけてるだけなんだけど」

　勝は廊下に放置されているホワイトボードをガラガラと引きずって、いぶの目の前まで持ってきた。時々森による文学的解説などに使われるもので、黒と赤のペンが置かれている。勝は黒ペンのキャップをきゅぽんと取り、波線グラフを描いた。右に傾斜した、ゆるい角度のM字の線である。線の末尾には『?』マークがついて終わる。

「これが二藤勝式、オネーギンの虚無度具合の上げ下げ」

「この、真ん中の窪みは?」

「親友のレンスキーを殺しちゃったとき」

「へー! そういえばあそこではめっちゃショック受けてましたよね。私あそこで初めて、オネーギンが人間らしく見えました。それまでは思ってること全然言わないムッツリ系だし」

　勝は頷き、少し浮かせたペン先で、描いたばかりの曲線をなぞった。

「その後の一人旅は描かれないけど、俺は『十年の虚無旅行』って呼んでる」

「あははは。二藤さん面白いですねー。めっちゃ役摑んでる感じ」

「摑もうとして必死なだけだよ。この間にちょっと回復して、その後サンクトペテルブルグに帰還」

「この『急上昇』がそこですか?」

「そ。タチヤーナに出会って、虚無から解放されそうになる」

「あは！　都合のいい男って感じ！　昔フッた女に自分の希望を投影してるんだ。『あの時は俺もモテてた！　栄光よもう一度！』って。ダサー」

「うっ、そう言われると辛いな……まあ、もちろんうまくはいかないけどね」

ですよねー、と意地の悪い口調で告げ、いぶは笑った。

「私タチヤーナが好きです。現実的に考えて、あそこで情に流されても絶対いいことないじゃないですか。ああいう場面で、ちゃんと判断できるところが、今時の強い女って感じで好き」

「確かに、かっこいいよね」

「男の人が見てもそう思います？　何か意外。もともと物静かな文学少女だったのが、ああなってるってところにもグッときます！」

勝は期せずして、神楽いぶがタチヤーナという役をどう解釈しているのかを理解した。いぶにとってタチヤーナの成長は、未熟な少女から今時の強い女への変貌を意味しているらしい。勝は微笑み、『？』マークをトントンと軽く叩いた。

「で、その後オネーギンは『夜のサンクトペテルブルグに消える』。その後のことは描写されてないから『？』」

「考えたくないですねー。ろくなことになってなさそう。あーでも森さんが言ってました。プーシキンは結末を書くつもりだったとか、帝政への反乱に加わる予定だったとか」

「そういう説もあるみたいだね。でもお芝居はここで終わってるから、俺はできるだけ、ここまでに提示された情報で解釈してみようと思ってる」

「へー！　あっ、結局このお芝居の面白さって、一言でいうと何なんでしょう？　虚無度？」

勝は笑い、少し考えてから、口を開いた。

「『思い通りにならない自分自身』かなあ。たまに思うんだけど、全部自分の思った通りに行動できたらいいし、そうしてるつもりなのに、第三者から見ると全然そうじゃないことって、けっこうある気がして」

「んうー……？」

「説明するのって難しいな。えーと」

「つまりこういうことだろう」

えっと二人が顔をあげると、ホワイトボードの前にもう一人、誰かが立っていた。鏡谷カイトである。いつも昼食に食べているおにぎりの包みを、カイトはぽいっとボード下の屑籠(くずかご)に捨て、勝からペンを奪った。

「人間には誰しも、『自分の思い描いている自己像』というものが存在する」

そしてカイトは、なんだかよくわからない人形のようなものを、ホワイトボードの空いている右下に描いた。加えて何故かもう一つ、同じ人形的なものを隣に書き添え、今度は中を黒く塗りつぶす。

「だがそれはあくまで、『当人の頭の中にしかないもの』だ。第三者から、つまり自分自身以外の人々の目から観察される自己というのは、頭の中の自己像とは多かれ少なかれ食い違っている。オネーギン青年にはそれが顕著だ。もし全てが彼の思い通りに運んだならば、名前の祝いの日の彼の行動は『いたずら』として成功しただろうし、結果レンスキーを殺しもしなかっただろう。『十年の虚無旅行』もない。このズレ、あるいはままならなさが、人間という生き物の面白さでもある。君が言っているのはそういうことだろう、勝」

眼鏡の向こうから鋭い眼差しを向けられ、勝はごくりとつばをのんだ。

「だ、だと思う」

つまりそれがオネーギンという戯曲の面白さなのではないだろうか、と勝はいぶの方を見たが、いぶはホワイトボードを指さして笑っていた。

「あははは！　鏡谷さん、それ人間？　やだー、死体のまわりのテープみたい。写真に撮っていいですか？　SNSに上げたい」

「……仮にも制作発表前の戯曲に関わるものだ。一応控えてくれ」

「はーい、了解でーす」

そしていぶは勝に一礼し、その場を去っていった。

勝の隣で、カイトは小さくため息をついた。

「まあ、演出がへぼで絵がうまいと言われるよりずっとましだ」

つんと拗ねた顔のカイトに、勝は笑ってしまいそうになり、ふと思った。

「カイト、お前はこの芝居の面白さ、一言でいうと何だと思ってる？　これは秘密だけど、神楽さんはそれがわからなくて戸惑ってるって言ってた」

「秘密？　何故それを僕ではなく君に明かすんだ」

「その……お前はちょっと、怖いんだって」

勝が伝えると、カイトはただでさえ仏頂面気味な顔に、おどろおどろしい能面のような皺をぎゅんと増やした。勝は苦笑し、カイトの眉間に人差し指を置き、ぐりぐりとほぐした。

「リラックス、リラックス。俺もそれとなく『カイトはいいやつ』って伝えておく」

「…………お前、よかったな」

「え？　何が？」

「天王寺さんのオファーを受けたことだ。明らかに表情が変化したぞ」

「ああ、うん。すごく助けられてる。毎晩ヘルシーな魚料理も食べられるしさ」

カイトは短く頷き、その場を去ろうとした。だが途中で振り向き、まっすぐに勝を見た。稽古場で駄目だしをする時と同じ、私情をまじえない顔だった。

「……どうかしたか？」

「『オネーギン』の原作者はプーシキンだが、それを英語戯曲に翻案したローリンソンは、こう言っていたらしい。『これは世界のどこでも、いつの時代でも受け入れられる物語だ。何故ならこの中にはあなたがいるのだから』と。僕もそう思う。君にはもうその言葉の意味がわかるはずだ。これもまた、『一言で伝えられる面白さ』だろう」

今度こそカイトは去っていった。

勝は残りの魚弁当を平らげてしまうと、いぶとカイトとのやりとりをざっとスマホのメモ帳に記録し、頭にも刻んだ。初めのうち、好きになれない、理解できないと思っていたオネーギンが、徐々に自分と重なり始めたことを勝は肌感覚で理解していた。

「…………」

ついでのように思い浮かぶのは、南未来哉のことだった。

カイト以外のメンバーとはほとんど会話をしない、孤高のオネーギン。

彼とももう少し親しくなれるだろうかと、勝は見果てぬ夢をみるように想像した。

　勝の『オネーギンづくり』は、内面から外面の段階に移行しようとしていた。土台がなければ家が建たないのと同じで、より重要なのは内面の理解だと勝は思っていたし、その点はカイトも天王寺も同意してくれた。とはいえ、土台さえあれば家が建つというものでもない。

「うーん、脱・武士……脱・武士……」

「武士にこだわるねえ」

「みんなそう思うんじゃないかって不安なんですよ。ロシアの貴族の話を見にきたのに、あいつは日本の侍だって思われたら、夢から醒めちゃうでしょ」

「そもそも勝ちゃんの中に、具体的な『ロシアの貴族』のイメージはあるの？」

「うっ……」

　天王寺は苦笑し、じゃあヨーロッパは？　と質問を変えた。勝はそこではたと思い出した。

「……そういえば、タチヤーナのオネーギンへの手紙は、フランス語で書いてある設定のはずです。当時のロシアの上流階級の人たちは、ロシア語は田舎っぽくて、フランス語の方が美しいと思ってたらしいって、森さんが」

「へー。面白い文化。じゃあフランスの貴族の真似をすれば、イコール当時のロシアの貴族の真似になるって認識でいいのかな」

「共通項はありそうな気がします」

　そして二人はサブスクを検索し、マリー・アントワネットが出てくるフランスの映画を飛ばし飛ばし鑑賞した。途中に舞踏会のシーンが出てきて、勝は目を皿のようにして映像を注視した。振り付けはほとんどオネーギンの中に出てくるダンスと似ていた。始終抱き合って踊るタイプではなく、異性同士が時々手を繋いだり、腰に手を置いたりしながら、余裕のある優雅な動きを披露するタイプである。

　同じ舞踏会のシーンを三回繰り返した後、勝は呻きながら手で顔を覆った。

「うう一。バレエでも習っておけばよかった……いや、事務所でちょっとは習ったんですけど、ああいうのって、付け焼刃でどうなるものでもないですよね」

「過去を悔やんでもどうにもならないよ。逆に今まで勝ちゃんが頑張ってた分野の技術で、わからない部分をぶっとばすのは？　高校時代の特技とか」

「……け……剣道と……生徒会活動……」

「剣道。いいじゃん。それでいこうよ」

「そうすると『武士のオネーギン』になるんですって！」

「そのまんま生かせなんて言ってないよ。もっと極端にすれば見えなくなるかも」

　天王寺は徐に立ち上がり、剣を構えるように腰を落とし、リモコンの再生ボタンを押した。四回目の舞踏会のシーンが再生される。白いかつらをかぶり、パステルカラーのドレス姿の人々が、優雅にステップを踏んだ。

その手前で、天王寺が剣を振り回すような演技をしていた。

中段に構えた剣をゆっくりと振り下ろし、礼。反対側を向いて、また素振りのような動きをし、礼。すり足で前後に動く。勝は最初、からかわれているのか何なのかわからず困惑したが、徐々におかしなことに気づいた。堂々としているので違和感がないのである。体幹が強いからだった。勝でもわかる一流のダンサーと剣道師範の共通点は、自身の肉体をコントロールする力に長けている点である。全ての動きが一つながりに流れていて、崩れず、力強く、美しい。

天王寺は最後におどけたポーズを作り、勝を見て笑った。

「一流の武士ってのはさ、きっと無言で、静かに動くんだよね。何事にも精神を惑わされず、流水の如く歩み、一撃で相手を叩き斬る。そういうロシアの貴族がいても格好良くない？　こういう路線もあると思うよ」

めっちゃ体力を使うけど、と天王寺は付け加えた。どこかしら挑発的な声色に勝は微笑み返した。

「望むところです。俺、難しいことを考えるのはそんなに得意じゃないですけど、体を動かすことなら負けませんから！」

「一応言っておくけど、本当にさっきのステップは踏むなよ。俺責任とらないからね」

わかってますってと言いながら、勝はすり足のステップを踏み、二人は高校生のようにぎゃははと笑った。青年貴族の影などかけらもなかったが、少なくとも一歩か半歩、またオネーギンに近づけた手ごたえを、勝は確かに感じていた。

「おはようゆみりちゃん！　今日も可愛いねー！」

「菜々さんも可愛いです……っていうか、また痩せました？」

「だったらいいんだけど、全然体重変わってないの。もうちょっと絞りたいなあ」

「タチヤーナ役って大変……」

オネーギン・キャンプも残すところあと五日、そして同時に訪れる制作発表会見を前に、稽古場は賑やかだった。制作部のスタッフたちは、膨大に必要となる舞台衣装の納期や、大道具小道具などの置き場などにてんてこまいになりつつ、劇場の大きさを踏まえた上で役者同士の動線が重ならず、ぶつからず、欲を言えば水を飲む余裕くらいはある香盤表――全てのイリハケの表――作成にも汗をかいている。ある意味一番、自分だけの世界に没頭できるのが、役者といえばそうだった。

オリガ役で途中からキャンプに参加した小出鞠ゆみりは、檜山と二人、いつも朗らかで華やかな話し声を響かせていた。芝居の中では、現実路線で活発なオリガ、引っ込み思案の文学少女タチヤーナという対比で描かれるものの、実際の二人はどちらかというと逆で、もじもじしているのが小出鞠、さばさばしていてパワフルなのが檜山だった。

いろいろなメンバーのいる稽古場はいいものだなと勝が思っていると、不意に誰かが後ろから肩を叩いた。かなりの力強さだった。

「よっ、オネーギン。元気か」

「……もちろんさ、レンスキー。おつかれさまです、小川さん」

小川薫は、白い歯を輝かせて笑った。苦笑しているのにさわやかだった。

「ややこしいよなあ。俺の名前はウラジーミル・レンスキーで、そっちはエフゲーニィ・オネーギンだろ？　それが愛称になると、ヴォロージャとジェーニャ。何が何だかだよ」

「『レンちゃん』と『オネーちゃん』ならわかりやすそうですけどね」

「森さんがブチ切れそうだけどな」

筋トレが趣味で、『衣装のサイズが合わなくなるのでもう筋トレはやめてください』と衣装部に叱られていた小川は、急にニカッと笑って見せた。

「……何ですか？」

「いやあ、ちょっとほっとしてさ。勝くん、合宿が始まってからずっと張り詰めてただろ。これまでもちょいちょい声はかけてたけど、こんなに会話できたのは初めてだよ」

「あっ……すみません。俺、いっぱいいっぱいで」

「そりゃそうだよ。みんなそうだって。『待望の日本初演！』で、『全てのセットがオリジナルと同じ！』で、おまけに君のライバルは南未来哉だ。ドイツ演劇界のお墨付き。怖いよな」

未来哉を近づきがたく感じているのは、何も自分だけではなかったのだと、勝はその時初めて気づいた。いぶも未来哉に声をかけるのは怖いと言っている。遠巻きにされている状態のまま、未来哉はキャンプを終えるつもりのようだった。

「……いいんですかね、これで……俺、未来哉くんと、もうちょっと仲良くなりたかったなって」

「あー無理無理。勝くんはわりと、舞台の経験は少ないんだよね。舞台の業界にはさ、きゃぴきゃぴした子もいれば昔気質なやつもいて、もしかしたら未来哉くんタイプに会うのは初めてかもしれないけど、正直珍しくもないぜ」

「……そうなんですか？」

「あれはねー、修行僧タイプ」

修行僧、と勝が繰り返すと、小川はそうと頷いた。

「自分の修行、つまり演技のブラッシュアップとか深い解釈以外のことには全然興味がないタイプ。他の全員の演技がへぼでも、俺は一人キッチリやるぜ、って感じ」

まあそれ以外にも理由はありそうだけどな、と小川は笑った。勝が目を見張るとため息をついた。

「まだ十九歳。わかるだろ」

「……もしかして、未来哉くんもいっぱいいっぱいなんですかね……？」

「それ以外の何なんだよ？　俺にはそうとしか見えないけどね」

朗々と語っていた小川の声を、派手な咳払いが遮った。竹正幸である。

稽古場に入ってきたばかりの老俳優は、眉間に皺を刻んでいた。

「感心しないな。その場にいない若者の噂話を、年長者が大声でするというのは」

「いやあ、すみません竹さん。俺たち、未来哉くんともっと仲良くなりたいねって話してたんですよ。竹さんから見てどうですかね。望み薄ですかね」

「役者同士が仲良くなれば芝居がよくなるのか？　だったら幼稚園のお遊戯会は世界一の舞台ということになるだろう。くだらん」

それだけ言うと、竹は再び身を翻し、稽古場を去った。小川は勝に肩をすくめた。勝も気まずく微笑み返した。

「竹さん、怖いよなあ。未来哉くんについてちょっとでも何か言うと『けしからん』ってあの低い声で言ってくる。あれはきっと、秘蔵っ子のガーディアンとして派遣されたんだな」

「そんな理由でキャスティングが決まることもあるんですか?」

「普通はないだろ。普通はないけど、これって海山さんの息がかかった公演だろ。鏡谷くんの演出にしてもそういう事情だろうし、おかしくはないかな。俺の勝手な推測だけど」

勝は無言で手持ちのスポーツドリンクを飲み、稽古場の壁にもたれた。小出鞠と檜山は、姉妹が二人でダンスをする場面の練習をしており、腰に巻いたスカート代わりの布が、蝶のようにふわふわと揺れていた。

二人は踊りながら勝と小川に近づいてきて、微笑みを向けた。

「こんにちは! オネーギン、レンスキー。一緒に踊りましょうよ」

「檜山さん、引っ込み思案なタチヤーナはそんなこと言わないって」

「タチヤーナは言わないけど、私は言うんです。ゆみりのオリガは二人の両方と踊れますけど、私には公爵とのダンスしかありませんから、今のうちに仲良くしましょ」

檜山の言葉は、どうやら竹の辛辣な言葉のフォローのようだった。稽古場は横幅が広く、二人との間は十五メートルほど離れていたが、それでも多少は聞こえていたらしい。

　幼稚園児に戻ったような気持ちで、四人は舞踏会のシーン用の振り付けを愉快に踊った。田舎の人々がダンスパーティを心待ちにしていた気持ちが、勝には少しわかった気がした。ひとしきり踊った後、四人はそれぞれのスマホで記念撮影をした。

「あー楽しかった！　でも本番は衣装つきでやるのよね。脚さばきの練習しなきゃ。制作発表会見後には、公式ＳＮＳも動き始めるっていうけど、この写真も使えるかな？」

「檜山さん、いろいろ考えてるんですね」

「お前も考えろよ、オネーギン！　主役だろ！」

　談笑する三人に、勝はふと、いぶの投げかけてきた疑問をぶつけてみたくなった。

　この芝居の面白さとは、一言でいうと何なのか。

　勝が問いかけると、三人はきょとんとした顔をした後、一様に悩み始めた。

「一言って、難しいな。勝くんは何だと思ってるの？」

「昨日説明させられたんですけど、その時には『思い通りにならない自分自身』って答えました」

「深いな！　俺は……うん、『切ない男の友情』、かな！　オネーギンとレンスキーの！　レンスキーの恋は実らないから、そっちがテーマじゃちょっと辛すぎる」

　ありがとうございますと勝は小川に礼をした。次に口を開いたのは小出鞠だった。

「私は……『夢と現実』かなって、思います。タチヤーナが手紙を書くシーンにしろ……オネーギンが手紙を書くシーンにしろ……正直どっちも、本当の相手のことは全然見ていないですよね。両方とも自分に都合のいい『夢の王子さま』や、『失われた青春の面影』を見てるだけで……そういう夢っぽさと、リアルさの対比が、面白いと思ってます」

　わかるわかる、と檜山が頷いた。今度は小川が檜山に水を向けた。

「檜山さんは何だと思ってるの？　一言でいうこの芝居の面白さ」

　はんぺんのようにのっぺりした美肌の持ち主は、しばらく無表情に考え、うんと頷いた。

「『現代性』。この演劇って、多分舞台が現代になっても通用するんですよ。オネーギンは浮わついたイケメンのインフルエンサーで、タチヤーナは実家暮らしの女の子」

　目を見開く勝に向かって、檜山は柔らかく微笑みながら告げた。

「オネーギンって、今風の言い方でいう、中二病をこじらせた人なんじゃないかと思う。何にも真剣になれなくてつらいけれど、真剣になりすぎるのも格好悪いって思ってる人。みんなそういう時期を通り越して大人になっていくんだけど、オネーギンはその前にレンスキーとの決闘で取り返しのつかないことになってしまって、離れるタイミングを逃す。ままならなさとも言えると思うけど、私はそこに今っぽさと面白さを感じてます。以上」

一礼した檜山に、三人は拍手を送った。稽古に立ち会えば立ち会うほど、勝は檜山の経歴が不必要に地味であるように思えてならなかった。せめてウィキペディアくらいはあってもと思われる、花も実もある女優である。どうしてこんなに役が少ないのだろうと考えつつ、勝はともかく実り多いインタビューの結果に満足していた。

と。

「虚無だ」

朗々と響き渡る声は、稽古場の上手側入口から聞こえてきた。

一同が振り向くと、どこかへ消えていたはずの竹が、扉の前に立っていた。

「この物語には近代的な人間の真実が綴られている。そこにはあたたかな情も、いたわりあいも、神の愛もありはしない。人々は自分のことに手一杯で、他者に差し伸べる手は全て欺瞞にすぎない。これは現実の虚無に向かい合った物語だ」

以上、と檜山をまねたのか告げて、竹はどっかと稽古場の床に腰を下ろした。同じタイミングで、未来哉が部屋に入ってきた。いつものように一番最後である。小川は暗く淀んだ空気を吹き飛ばすように、明るく手を上げて挨拶した。

「おーす未来哉くん！　おはよー！　なあなあ、今みんなで話してたんだよ。『オネーギンの面白さを一言でいうなら？』って。未来哉くんは……」

「申し訳ないですけどそういうのは演出にしか言わないと決めてるので」

相変わらず、未来哉は美しく、歯切れよく、取りつく島がなかった。竹は撥ねつけられた小川を見て、おかしそうにくっくっと笑った。

ばつの悪そうな顔をする小川の前に、誰かが歩み出ていった。

「竹さん、興味深いお話をありがとうございます。でも私、その解釈には疑問があります」

タチヤーナ、と小出鞠が呟いた。誰よりもまっすぐな背筋の持ち主は、さわやかな笑顔を浮かべ、背筋を丸めた竹を見ていた。

「確かにこの芝居には虚無的なムードが漂っていますけれど、虚無一辺倒というわけでもないんじゃないでしょうか。もし本当に彼が虚無主義者なら、二幕でもタチヤーナに手紙なんて書かなかったのでは？　タチヤーナの態度にしても、私はあれを『完全な拒絶』とは思っていません。ほんの一瞬ですが、二人の間にはあたたかな心が通います」

「よく喋る妻だ。タチヤーナよ、あまり私をはずかしめないでくれたまえ。私が君をめとったのは、独身の年よりの浅ましい寂しさの表れだと私は思っているよ」

「それでも、おかげでタチヤーナは社交界の花になれました。感謝いたします」

竹は低い笑いをこぼした。嫌なニュアンスの笑いだった。その時ふと、竹の視線が柔軟運動をしている未来哉に向いたことに、勝は気づいた。未来哉は気づいていなかった。

「確かに。老人にはそういう楽しみもあるものだ。美しい花を見守り、満開の花がいつ萎れるかと思いながら、何もせずに見守り続ける。愉快なものだよ」

カイトが入ってきたのを合図に、合宿のメンバーは持ち場についた。一幕の二場、オネーギンとレンスキーが二人で田舎を逍遥している場面から、トップバッターは勝である。

舞台袖として設定されている、ビニールテープのばみり線の内で、小川は勝に囁いた。

「檜山さんって危なっかしいな！　一触即発って感じだったよ。いつもああいう感じなのかな？　スケバンみたいでかっこいいぜ」

小川は笑って首を振った。そして二人は、田舎暮らしで偶然出会った、二人の快活な若者として、稽古場の真ん中へと歩み出した。

その日、勝が意識したのは、たった一つだった。台詞ではなく、動き方。一挙手一投足を、全て『振り付け』だと思うことにした。

レンスキーと歩いている時も、ドイツの詩の話をする時も、かったるい、というように首を背ける時にも、全ての動きを意識した。天王寺の前で最初に披露した時には「ロボットダンスみたいだ」と大笑いされたものの、練習を積み重ねてゆくと動きの緩急がわかってきて、いい塩梅に勝の脳内の『貴族』のイメージへと近づけた。

実際に稽古場で試した結果はどうだろう、と思いながら、勝は全ての台詞が終わった後、カイトに視線を向けた。思い出したように台本に手の平を叩きつけた後カイトは目を見開き、勝を凝視した。そして問いかけた。

「どうしたんだ、勝」

ああこれは、やってしまったかもしれない、という覚悟を固めながら、勝はカイトに近づいていった。隣に立つ小川も興味津々という顔をしている。

勝が床に腰を下ろすのを待たずに、カイトは口を開いた。

「今の動き方は初めて見る。僕はいいと思ったが、どういう解釈の結果だ？」

「……俺なりに『オネーギンの優雅さ』を考えてみた」

いいと思った、という言葉が、勝の胸にぽっと光を灯した。オリガ役の小出鞠も、珍しく身を乗り出していた。

「二藤さん……面白かったです。今は……ちょっと不思議な感じもしますけど……登場シーンからこうなら、オネーギンだけ特別な感じで……素敵ですね」

「私もゆみりちゃんに同感。一人だけ重さの違う空気の中で動いてるみたいだった」

「現段階では浮いている感がないでもなかったが、『田舎に馴染まないオネーギン』として悪くない。もう少し解釈を深め、実践を続けてくれ」

「……はい！」

勝は握りこぶしをつくり、力強く頷いた。隣では何故か、小川が嬉しそうに微笑んでいる。

「オネーギン、やっと笑ったな」

「え？」

「二藤勝くんって言えば、『笑顔弾けるみんなのスター』だろ。それがずーっとしかめっつらしてるから、俺は君がちょっと心配だったんだ。なあ鏡谷演出」

「僕は別に心配していなかった。勝はいつも自分で迷路に入って行って、自分で出口を見つけだす。今回もそうなると思っていた」

「ひゅう！　やっぱ男の友情はアツいな！」

「女の友情もアツいですよ。ねーゆみり」

「はい。あの……いぶちゃんもここにいればよかったですね」

ほんとにね、と頷き交わす女性陣二人を前に、勝はちらりとカイトに目をやった。

カイトはいつも通りの涼しい顔で、しかしどこかに微笑みを滲ませて、勝のことを見つめていた。

そして視線を逸らし、ふいと振り向いた。

いつものように少し離れたところから、集団を眺める南未来哉と竹を、カイトはじっと見つめ、未来哉だけを見つめ続け、胡乱(うろん)な顔をされたところで、にやりと微笑んだ。

第二幕

BOKUTACHI NO
MAKU GA
AGARU

「焦っているのか」

南未来哉は振り返り、目を見開いた。鏡谷カイトが腕組みをして自分を見ている。演出家は淡々と告げた。

「捨て鉢になる必要はない。君の演技は確かに未完成だが、現実を直視すれば、おのずと出口は見えてくる」

「……意味がわからないんですけど？　捨て鉢って誰の話ですか？」

「君だ。他に誰がいる」

「意味わかんなーい」

未来哉はいぶの真似をしてふざけ、カイトの隣を通り抜け、稽古場のある建物の出口に向かおうとした。だがその袖をカイトが強く摑み、引き留めた。

「何すんだよ。このシャツ高いんだけど」

「言われないとわからないというなら言ってやろう。君の演技はローリンソンが演出した『オネーギン』のオリジナルキャスト、コリン・アシュケナージのコピーに過ぎない。よくできたコピーであるし、現在日本で映像を入手することは困難であるからわかりにくいだろうが、コリンのオネーギンとの違いが微塵も存在しない。これのどこが『君のオネーギン』だ」

　未来哉の平手打ちは不発に終わった。鏡谷カイトが俊敏に身を引いたのだった。あろうことか鏡谷カイトは薄笑いを浮かべていた。

「図星のようだな」

「……コリンを見たの？」

「この仕事を受けた時に、一般公開されていない映像資料も大量に渡されたからな。何故こんなことをする。演出にすら通用しないものが、観客に通用すると思ったか」

　未来哉は黙り続けることにした。カイトが目つきをいっそう悪くしても、うんともすんとも言わなければ、呆れて去って行ってくれるような気がした。だがカイトは去らなかった。

　もうしばらく黙り込んだ後、未来哉は諦め、口を開いた。

「……でも稽古場では誰にも気づかれてない」

「当たり前だ。他人の演技に口出ししてくれるようなお節介はいない。今の君がやっているのは、他店舗で購入したパンを自店の軒先に並べて売るベーカリーのような行いだ。早急に何とかしろ。どうしようもない態度については特に言うこともない。まずは仕事をしろ」

「言わせておけば……！」

「何をしているんだね」

と、二人の間に、よく通る声が割り込んだ。竹正幸の登場に、未来哉は少しびくりとした後、天使のような微笑みを浮かべた。

「竹さん。ひどいんですよ、鏡谷演出がぼくのことをいじめるんです」

未来哉は竹の腕にぎゅっと抱き着いた。カイトが眉間に皺を寄せると、竹は若年者を諭す年長者の顔をした。

「鏡谷さん。未来哉くんはまだ若いんだ。至らない点があったのなら私からお詫びする。しかし今後の成長のためにも、今は口出しを控えて」

「お断りします。ここは海山塾ではないし、役者に口出しをするのは演出の仕事の一環です。まだ話が終わっていないので、外していただけますか」

「耳が遠くて聞こえなかった。未来哉くん、もう下がっていいと思うよ」

「ふざけないでいただきたい。未来哉！」

未来哉は竹の腕から手を離すと、小走りに建物の外に消えた。

南未来哉の住む部屋は、東京の下町の築二十年のアパートの角だった。六畳一間。オートロック式の門がついてはいるが、いかにもそこだけリノベしましたという風情で、他の場所はボロボロだった。しかし家賃が三万である。隣三部屋は空いていたが、入居の気配はなかった。

帰宅後、オネーギンの台詞を吹き込んだ端末を再生し、ワイヤレスイヤホンを耳に突っ込みながら、未来哉はお湯を注いで待つだけのビーガンフードを食べ、十時まで台詞の反復練習をした後、スキンケアをして万年床の布団に身を横たえた。電気を消すと眠れないので、明かりはつけたままである。

目を閉じ、五分ほど経った頃。

誰かがけたたましく未来哉の部屋の扉を叩いた。ドンドンドンドン、ドンドンドンドンと、鬼気迫る勢いである。もしや火災かと飛び起き、扉の鍵を開けると。

背の低い男がひとり立っていた。

「こんばんは」

黒髪に眼鏡、剣呑な目つき、澄んだ声色。

「あ…………？」

「隣の部屋に引っ越してきた鏡谷カイトです。よろしくお願いします。こちらつまらないものですが、タオルと引っ越し蕎麦です。立ち話もなんですので、さっさと中に入らせろ」

「はっ、はぁあ?! 何やってんだよあんた！ 冗談でも性質が悪いし！ 警察呼ぶよ」

「冗談ではない。今日付けでこのアパートに入居した。まだろくに荷物も運び込んでいないが、これからしばらく君の隣人だ。よろしく頼む」

「日本の演劇業界ってこんなことしょっちゅうするの。どうかしてるんじゃないの」

「僕の知識の限りこういった前例はない。君の所在地については、海山先生から情報を得て」

「前例がないならやるなよ！　そんなこと！　やるなよ！　あんただって暇人じゃないんだから！」

「その通りだ。今の僕は『オネーギン』出演者の演技を監督するという重大な使命を負っている。特に主役のオネーギンのな。さっきは邪魔が入った。今度こそ話を聞こう」

「……話すことなんかないし」

「僕には大量にある。それとも明日の稽古場で、共演者の前で詰められたいか」

「そんなことするなら帰る」

「今の君が帰るべき場所は稽古場だ。それ以外の場所へ『帰る』のはただの逃亡にすぎない」

「もう十時過ぎなんですけど！　あんたの大声は近所迷惑だから！」

「安心しろ。このアパートの入居者は君と僕の二人だけだし、大家さんはまさに今日からハワイ旅行にお出かけだ」

「そんな……いきなりハワイなんて聞いてないし………あんたもしかして」

「海外旅行のチケットを贈るなんて、数万もあればできることだ。たやすい」

「明らかにどうかしてる！」

「どうかしていない人間が、人生を演劇に捧げられるか！」

啖呵（たんか）を切ったカイトの剣幕に、未来哉は押された。後ずさりした未来哉の前で、カイトは扉を閉められると思ったのか、ドアの隙間に足を挟み込んだ。

「とりあえず蕎麦を茹でるぞ。中に入れてくれ。嫌だと言ったら隣の部屋で蕎麦を茹でて、ベランダごしにそちらに投げ込む」

「はあ？　蕎麦が無駄になるじゃん！」

「僕はトイレの床に盛りつけられたラーメンを食べたことがある。普通に食べられたぞ。ベランダの床くらい何でもない」

「…………どういう趣味？」

カイトはむっつりとした顔をし、伏し目がちに呟いた。

「話すと長い」

結局未来哉は折れた。本当に蕎麦を投げ込まれるかもしれないと判断したためだった。翌朝掃除をすれば済む話ではあったが、未来哉は蕎麦が好きだった。

カイトはおっかなびっくり鍋に湯を沸かし、蕎麦をどばどばと投入した。見かねた未来哉もキッチンに立った。

「あんた、茹で方も知らないのに引っ越し蕎麦を持ってきたわけ？」

「引っ越しといえば蕎麦とタオルだからな。そろそろ茹で上がったはずだ。これを……」

「あーもー！　蕎麦は茹でたあと冷水で洗って、締めるの！　そんなことも知らないの？」

そろそろ深夜と言っても差し支えのない時刻、未来哉はラーメンどんぶりで、カイトは鍋から直接、蕎麦を食べることになった。未来哉にはちゃぶ台を譲るつもりはなかったので、カイトは立ったまま食べた。

「食べながら聞け。君の意図が知りたい。何故他人の演技を剽窃するだけで満足している。ドイツでの君の演技も見たが、当時の演技には君らしさがそこここに見受けられた。それが今は消えている。何故だ」

「鬱陶しすぎ」

「そういう仕事だ。観念しろ。才能を持ち腐れにしている人間は大嫌いだ」

「うざ。才能とか、そんなものぼくにはないし」

カイトは蕎麦を食べる手を止めた。未来哉は多少、たじろぎつつ、しかしそうとは気取られないよう、軽薄な口調で告げた。

「才能なんて幻想なんだよ。ぼくが持ってるのはこの顔。天使みたいに美しい、四分の一ドイツ人の顔。それと若さ。それだけ。ああ、あとは『海山先生の秘蔵っ子』って肩書？　笑っちゃうよ。来年はきっと別の子が先生のお気に入りになってるのに」

「馬鹿馬鹿しい。海山先生は無暗にお気に入りをつくるような人間ではない。その眼鏡にかなったのだから、それは君に才能が十分にあるという証明ではないのか」

「コピーキャットとしての才能はあると思うよ。一度見たら大抵の演技は真似できるから。でも『自分の解釈』とか『演技の本質』とか、そういう難しいことは無理。全然わかんない」

「それで稽古場での態度がああなのか」

「『それで』？」

「あまりにも自信がないため、己の本質を悟られまいと虚勢を張り、他人を遠ざけ」

未来哉は空になったラーメンどんぶりをカイトに向かって投げた。百円ショップのプラスチック製の食器は砕けも割れもせず、みすぼらしいアパートの床で小さくバウンドした後、玄関口まで転がっていった。カイトは涼しい顔で未来哉を見ていた。

「『図星』のリアクションにバリエーションを増やせ。ものを投げる演技は小道具さんに嫌われる」

「うるさい。オリジナル戯曲で賞なんか獲ったやつに、ぼくの気持ちがわかってたまるか」

「文脈の因果関係の理解が難しい。しかし君はコンプレックスも強そうだな」

「あんた何がしたくてここに来たの？　みじめな役者を嘲笑いに来た？」

「君の演技を見に来たに決まっているだろう。そうでなければ引っ越しまでするか」

未来哉にはまだわからなかった。理解できないにもほどがあった。だが現実に目の前に鏡谷カイトが立っている。働き者の演出家は、抑揚に乏しい声で淡々と告げた。

「君のライバルである二藤勝には、敏腕のトレーナーがついている。ある特殊な技能を教えることを交換条件に、日本有数の凄腕にマンツーマンレッスンを受けているんだ。昼は稽古場に顔を出し、帰宅後から寝るまでにはトレーナーと訓練。このままだと君は勝に勝てない。他人の演技を完璧にコピーして披露したとしても『深みがない』と言われるのがオチだ」

「……そのトレーナーも、あんたが彼のためにアレンジしたわけ？」

「いや、トレーナーの側から申し込みがあってな。勝の技能が必要だったらしい」

「二藤勝って古武道の免許皆伝でもしてるの……？」

「もう少し特殊な技能を、両親のお墨付きで持っている」

「あっそう。いいねえ、明るくて才能豊かで、家族にも恵まれてる人は」

色素の薄い瞳で、未来哉は闖入者を改めて睨んだ。

「ぼくのオネーギンってそんなにダメ？　海山先生は『未来哉のオネーギンは病的に軽薄なところがいい』って言ってくれたけど」

「察するに君は、海山先生にそう評価された後、さらにコリンのオネーギンを研究し、役を作り込んだのだろう。その料理がうまくいっていない。君の演技は自分自身をぐちゃぐちゃに切り刻んでいる大作だが、どれほど細かく刻んでも、出し方が下手ではただのミンチだ」

「……ほんっとあんたと話してると苛々するんだけど」

「よく言われる。しかしやはり君は、オネーギンのことをよく理解しているな」

「ぼくの中に『解釈』なんて上等なものはないよ。はいはい終了。さっさと帰って」

「さっきから聞いていれば、何なんだその拗ねた小学生のような口の利き方は！」

「小学生だったらとっくにあんたの脛に蹴りをかましてるし！」

売り言葉に買い言葉の応酬から、先に降りたのはカイトだった。むっとした顔はしたが、それ以上は言い返そうとせず、蕎麦を茹でた鍋を狭いシンクにそっと置き、未来哉に向き直る。真摯な瞳を未来哉は笑いとばし、畳に両手をついて胸を反らした。

「何か勘違いしてるみたいだけど、あんたはぼくの『未来』とか『キャリア』を考えて助言をしてくれてるんだよね？　そんなものがぼくにあるって本当に思う？　女の人はいいよ、『年を取った美人』のためのロールモデルがごまんとあるから。男の『美人』は悲惨だよ。演出家なんてやってるなら知ってるでしょ？　この業界、ミックスのハンサムもイケメンも、はいて捨てるほどいるんだよ。そういう時生き残りに汲々とするタイプになりたくない。ぱっと咲いて散りたい。それがぼくの目指す未来で、キャリア」

「……なるほど。確かに君がオネーギンに親近感を抱く理由もわかりそうだ」

「は？」

「君はちっとも、自分のことが好きではないんだな」

いつもとまるで変わらないトーンで、カイトは告げた。

数秒黙り込んだ後、未来哉は額に青筋を浮かべ、凄惨な笑みを浮かべた。

「ケンカを売ってるなら買うよ。顔面殴ったらガチで殺すけど」

「何故そう血の気が多いんだ。勝よりは僕もその手の気持ちはわかる方だと思うが」

「『わかる』？　はあ？　じゃあ若竹賞と『百夜之夢』の著作権をぼくに寄越せよ」

「ああ、お前も『百夜之夢』を見てくれたのか。感謝する」

未来哉は言葉に詰まった。鏡谷カイトは初めて未来哉のことを『お前』と呼んだ。

英語にも『あなた』にあたる人称代名詞はほとんどバリエーションがなかったが、日本語には山ほどあることを未来哉はきちんと理解していた。『君』より『お前』の方が距離が近く、親しい男同士の間で使われることが多いのも。

　未来哉はぼそぼそと呟いた。

「……ただの敵情視察」

「まあそれはどうでもいい。南未来哉、行き過ぎた自己嫌悪は自己憐憫と大差ないぞ」

「話をぶつ切りにしてまたいきなり戻すのやめてくれない？　うざいんだけど！」

　未来哉が激昂しても、やはりカイトはまるで動じなかった。未来哉が聞こえよがしに舌打ちをして壁を向き、膝を抱えても、同じ場所に立っていた。そして告げた。

「お前は才能ある若者だが、何故かそれを信じていない。かなりの馬鹿者だし、はっきり言って迷惑だ。しっかりしろ。比喩表現だが、勝の爪の垢でも煎じて飲んだらどうだ」

「あんたのお気に入りの二藤勝ね。あの人に悩みなんてあるの？　ドラマの撮影の事故でしばらく休んでる間には、舞台演劇の特訓をしてたんでしょ？　計算通りに人生を動かしてる感じがムカつく。実力もあるところがもっとムカつく。いい気味だと思うのは、ぼくのことを大した人間だって勘違いして『未来哉くん』とか呼んでくるところだけどね。ウケる」

　はっ、と未来哉は壁に向かって笑った。演技というにもわざとらしい声に、カイトは嘆息した。

「お前は今まで何を見ていたんだ。合宿開始から今日に至るまで、勝が何をしていたのかまるで気づいていなかったんだな」

「昼はぼくたちと稽古して、夜はトレーナーと特訓してたんでしょ？　全方位に隙なし。まあ好きにやったらいいじゃん。二藤先輩は実力でチケットを売って、ぼくは顔で売るから」

「その拗ねて腐った顔にわざわざ見つめるだけの価値があるのか」

「あるね！　あるに決まってるよ！　そうじゃなかったらどうして海山塾なんかにぼくが入れたと思う？　ベルリン大衆演劇賞は？　はいはい顔顔。この顔のおかげだよ。小さい頃からぼくが笑えば、大人は何だって言うことを聞いてくれたもの」

「……一点特化の自信家と言うべきか、尊大なひねくれ者と言うべきか……」

「何とでも言えば？　ぼくはこの顔には絶対の自信を持ってる」

　誰に向けてなのか判然としない嘲笑（ちょうしょう）を浮かべた未来哉を、カイトはじっと見つめた。いつまでも見つめていた。未来哉が嫌そうな顔をしても目を逸らさなかった。

「何。キモいんだけど」

「お前の未来は、お前の肩にかかっている。逆に言うなら、今のお前の行動が将来を決める。自分が若さを失ったら落ちぶれるほかないと本気で思っているのか？　そんなくだらない妄想を後生大事に抱いていて、いいことはあったか？　『どうせ何をやっても変わらない』というシニシズムもオネーギンのテーマではあるが、君は原作の最後の一文を読んだか？」

未来哉は眉間に皺を寄せた。過去に英語のダイジェスト版には目を通したものの、日本語版や完訳版は読んでいない。そもそもオネーギンがいなくなった後の描写など記憶になかった。

未来哉が首を横に振ると、カイトはゆっくりと諳んじた。

「『人生の小説を読み終える前に、私のようにオネーギンと別れることができた人は、幸せだ』。この『人生の小説』は、『人生という小説』くらいの意味だと僕は思っている」

「……死ぬまでにオネーギンと別れられたら幸せだ、って言ってる？」

「その通りだ。原作はそう結ばれている。そして君には言葉の意味がわかるはずだ」

未来哉は不思議な衝撃にうたれた。わかるはずだなどと言われたのは初めてのような気がした。

優しく触れられたような感覚を持て余しつつ、未来哉はぼんやりと呟いた。

「……まあ、わからないわけじゃないけど」

「そうだ。虚無主義、シニシズムには終わりがない。どこかの段階で、自分から見切りをつけるしかないんだ。未来哉、オネーギンと別れろ。本物の『オネーギン』になるために、君には別離が必要だ」

「…………今のぼくがオネーギンとべったりだって言うんだ？　芝居のためにはその方がいいんじゃないの？　そもそもオネーギンには更生シーンなんかないし」

「駄目だ」

「どうして」

「役者には二つの視点が必要になるからだ。一つは役『そのもの』になって生きる、一人称的な主観の視点。もう一つは自分を空から見下ろすような神の視点、観客の視点、俯瞰の視点だ。今の君には二つ目の視点が欠落している。第二の視点が足りない芝居はただの独りよがりだ。反省がないからな。自分のことを『器用貧乏なかわいそうな子』と思っている人間が第三者からどう見えるのかわかっていないように、鼻につくだけだ」

未来哉は頭の奥がカーッと熱くなり、目の前が真っ赤になったような気がした。目の前にいる男をどうにかしてやりたかった。だが実際にどうにかしてしまった場合、さまざまな問題が発生する。そうかこの『ぶっとばしてやりたい』という気持ちが第一の視点で、『そんなことをしたら大変なことになる』というブレーキのような客観性が第二の視点なわけだなと思った時、未来哉は自分が相手の術中にはまっていることに気づいた。

やっとの思いで、未来哉は一言しぼりだした。

「あんたいつか……後ろから刺されて死ぬよ……？」

「残念だがよく言われる。だから僕を刺そうとするやつらが、後ろの方でうっかり出会って、仲良く同士討ちしてくれることを祈って毎朝家を出るんだ」

未来哉は小さく噴き出した。カイトも苦笑した。

「そんなにおかしかったか。真面目に祈っているんだが」

「うざ。そんなこと考えるならもっと当たり障りのない人生送ったら？」

「残念だが僕にはそんな曲芸のようなことはできない。だからこういう仕事に就いているのだと思う。今日はただの挨拶だ。明日からよろしく頼む」

「……それもしかして、二藤勝とトレーナーみたいに、稽古が終わった後に特訓をするぞって意味じゃないよね？」

「他の何だと思ったんだ。そうでなければ僕がここへ越してくるはずもないだろう」

「死んじゃうんだけど！　ただでさえ涼しい顔で昼の稽古についていくだけで大変なのに、これ以上タスクが増えたら労働基準法に違反するんじゃないの」

「良識の範囲内におさめる気ではいるよ。そもそも僕だって休まなければ倒れる」

「倒れそうになるまでやる前提で話すなよ……」

呆然としている未来哉に、カイトは深々とお辞儀をして、からっぽになった蕎麦のパッケージを持ってしずしずと玄関から退場していった。まるで出番が来ればすぐにそこから飛び出してくる役者のようだった。

未来哉は玄関に飛びつき、素早くチェーンロックをはめ鍵を閉め、服も脱がずに布団に潜り込んだ。何も考えたくなかった。追加のスキンケアもしたくなかった。無になりたかった。

「…………」

だがそんなことはできなかった。

三十分後、未来哉はスマホを充電器につないだ。もう三十分後、眠ることを諦めた後、ネット書店にアクセスし、日本語版の『オネーギン』原作を購入した。ダウンロード後、狭い部屋の隅で、未来哉は活字を追い始めた。どうせ眠れないのなら、本を読むのも悪くはないと思えば何とかなるものだった。


制作発表会見前日。稽古場は不穏な空気に包まれていた。

「いぶちゃんが妊娠だって！」

「まだ公式発表はないけど、多分タチヤーナは降板だ」

「なんてこった……」

　スタッフたちのひそひそ話で、事の次第はすぐ理解できた。いつものように時間ギリギリにやってきた未来哉は、二藤勝、小川、檜山、小出鞠というメンバーに駆け寄られ、身構えた。口火を切ったのは勝だった。

「未来哉くん、ちょっとニュース。神楽いぶさんが妊娠だって」

「事務所から連絡があって、今日記者会見をするらしい。タチヤーナ役はできないだろうな」

　悔しそうに呟く小川に、あら、と檜山が朗らかな声をあげた。

「仕事ができないのは確かに残念だけど、赤ちゃんができたのはいいことですよ。おめでとう！　って気持ちをこめて何か贈ったら、少しはほっとしてくれるかも」

「嫌味に思われないか？　いや、まあ何もしないよりましか……連名でスープの缶詰とか？　いや、おむつ？」

「ゼリーはどうでしょう。私の姉の時、においの強いものは駄目だったので……」

「わかりました。じゃあ俺、スタッフの人たちにも声をかけておきますね」

「……皆さんお揃いで、呑気ですね？　芝居がガタガタになるかもしれないのに」

未来哉は半笑いで告げた。二藤勝と小川薫は少し顔をひきつらせたが、檜山菜々は動じなかった。竹に食い下がった時といい、こいつの神経はワイヤーロープかと、未来哉は顔をしかめそうになった。

「そうね。タチヤーナのシャドウキャストの宍戸さんが、いぶちゃんの出るはずだった日程を補塡すると思うけれど、それで本当にうまくいくかどうかはわからない。いぶちゃんのファン層は、ヒロインが彼女じゃなければ舞台には見向きもしないかも」

でもね、と。

硬い表情をしていた檜山は、一転にっこりと笑った。

「それはそれ、これはこれ！　妊娠って人生の大イベントだし。それと仕事は切り離して私は考えたいの。会社員だった時期、妊娠して仕事を離れる女子社員に『お前が消えるぶん俺の残業が増えるんだぞ』って言っていた男性社員に腹が立ったのを覚えてる。仕事が増える怨みを持つなとは言わないけど、不安になっている女性に、追い打ちをかけるようなことはしたくない。そういうことをするのは気持ちが悪いわ」

まっさらな正論だった。この人あんまり仕事もらえなそうだなと思いながら、未来哉は嘆息した。

「まあ、いいですけど。少しならぼくもお金を出しますよ」

「ありがと。あとは竹さんだけど……一応声はかけてみる？」

勝以下の三人は、うーんどうかな、という顔をした。未来哉は解せなかった。もとより竹はいぶのことを嫌っているようだったし、それが妊娠したことを祝うなど冗談でもしそうになかった。それは明らかである。しかしそれならば何故檜山たちは、未来哉には声をかけたのか。

眉間に皴を寄せている未来哉に、何か勘違いしたように、二藤勝は声をかけてきた。

「ゲームでいうなら、ちょっとしたハードモードに突入かもしれないな。一緒に頑張ろう。俺も未来哉くんに追いつけるように頑張ってるから。いい芝居にしよう！」

そうですか、はあ、まだ勘違いをしているんですね、という嘲りをこめて、未来哉は嫌味な笑みを浮かべてみせた。すると今度は、二藤勝が同じような顔をした。

世界の全てにうんざりしていて、自分だけが可愛くて、尊くて、しかし誰もそんなことはわかってくれないと言いたげな、退廃的な笑みを。

未来哉がたじろぐと、勝は今度は子どものように笑った。

「未来哉くんの真似！　オネーギンの顔！　スタッフさんに写真を撮ってもらって、SNSの公式アカウントに載せたら面白がってもらえそうだよね。じゃあまた後で」

二藤勝は笑って手を振り、おりしも彼を呼び始めたスタッフのところに駆けて行った。二藤勝はいつも誰かと一緒にいた。いつも誰かに求められていた。彼もそれを笑って受け止めていた。きっと生まれた時からそうだったのだろうと未来哉は思った。

人が好きで、彼もまた人に好かれる。

未来哉とは住む世界の違う生き物だった。

ぼうっとして廊下で『オネーギン』の原作を読んでいると、いつの間にか隣に竹がいた。

「……竹さん。おつかれさまです」

「どうした未来哉くん。君らしくないじゃないか。読書は目が悪くなるよ」

未来哉が適当に微笑み返すと、竹も笑った。老優は優しい眼をしていた。

「例の件はまだ気にしなくていいよ。ゆっくり考えてほしい」

そっと未来哉の腰を撫でて、竹は去っていった。

翌日に迫る制作発表会見の準備といぶの妊娠の件で、その日の稽古は寸断されどおしで、鏡谷カイトは目の下に巨大な隈を作っていた。プロデューサーのてんてこまいの余波が、演出家にも届いているようだった。最終的に会見にはカイト、二藤勝、檜山菜々の三名が出席することになった。未来哉は最後まで『荷が重いので』の一言で逃げた。

稽古場の面々は、嵐に備える船乗りのような緊張感のある笑顔で別れた。

アパートに戻った未来哉は、右、左、右と、鏡谷カイトがいないことを確認し、さっと自室に入りチェーンロックを閉めた。誰がやってきても居留守を使うことを決意し、ビーガンフードを食べていると。

『おい、未来哉』

敵はベランダにいた。

そういえば蕎麦を投げ込むとか言っていたと思いつつ、未来哉はベランダの窓にシャッとカーテンを引いた。だが鏡谷カイトは退かず、窓ガラスとカーテンごしに喋った。

『未来哉、明日の会見は頼んだぞ。急な話で申し訳ないが、何とかしてくれ』

「は……？」

嘘をついて気を引く作戦にしては冗談の気配がなかった。未来哉はカーテンを五センチだけ開け、どういうことですかと問いかけた。ガラスごしのカイトは変な顔をした。

『マネージャーから聞いていないのか？　会見の台本は？』

未来哉は思い出したようにスマホを確認した。確かにマネージャーからメールが一通入っていて、『明日の制作発表会見、未来哉さんも出席でした。すみません』という一言と、朝にアパートの近くにピックアップにゆく旨が綴られていた。台本らしきものはない。確認作業をカーテンの隙間から見ていたカイトが、やれやれとため息をついた。

『何を考えているんだ、君のマネージャーは。最低でも電話の一本くらい……』

　未来哉に驚きはなかった。海山に紹介されてくっつけられたマネージャーは、舞台演劇のことには精通していても芸能界にはそれほどという印象で、演劇の見聞を深めることには興味があっても、未来哉のスケジューリングには熱意を見せなかった。彼にとって未来哉は、自分が成り上がるための道具にすぎない。

　マネージャーってそんなものなんじゃないの、と未来哉が告げると、カイトはむっつりと黙り込み、腕組みをした。

『個人差がある。勝のマネージャーの豊田さんは……まあいい。そろそろ開けてくれ』

「天岩戸（あまのいわと）じゃないんだよ。ああでも、裸踊りしてくれたら考えるかも」

『申し訳ないが全裸の踊りには若干のトラウマがある。他のことにしてくれ』

「経験者なの？　あんたどういう経歴の持ち主なわけ？」

『話すと長い』

　未来哉は呆れつつ、結局窓を開けてしまった。ひょっとしたら自分は押しに弱いのかもしれないと、今更思っても無駄だった。今日の差し入れは、蕎麦ではなく最中（もなか）だった。

「明日は嫌な話も出てくるだろう。まともに答えるな。かわすことだけ考えておいてくれ」

「神楽が妊娠したのってそんなに大事なの？　アンダースタディもいたのに、別に『ああそうですか』でよくない？」

「相手の男性がワイドショーの常連だ。霧島マサユキ、バツ三、大金持ちの御曹司」

「もう全部どうでもよすぎて引っ繰り返りたいんだけどー！」

「神楽いぶのニュースが公になって以降、自身の会見を除けば彼女に関係した会合は明日が初めてだ。明日は目が痛くなるくらいフラッシュを焚かれる覚悟をしておいてくれ」

「ぼくがドタキャンしたら？」

「『南未来哉さま』と書かれた席に、不細工なぬいぐるみが座るだろうな」

　未来哉は片頬を歪ませて笑った。不細工、という言葉を聞いた時点で、出ないという選択肢は消えた。自分の容姿をどうでもいいもののように扱われるのは大嫌いだった。

　カイトは最中の箱を開け、もさもさと一つ頬張りながら、じっと未来哉を見つめた。

「君にもコメントする局面がある。備えておいてくれ」

「馬の脚がばれないように必死で頑張ってまーす、なんて死んでも言わないよ」

「そんなことを言う必要はない。特に親しくもない人間の前で『本心を話す』という行為は非常に暴力的だ。言いたくないことは言わなくていい。君は強気で勝気だが、それは恐ろしく誠実であることの裏返しのようにも見える。無理をするな」

　未来哉がぽかんとしている間に、カイトは自分のスマホから、制作発表会見台本というデータを未来哉に転送してくれた。それなりに長い文書で、司会進行役は鏡谷カイト。席順まで載っていた。長テーブルの一番右側にカイト、隣に檜山菜々、二藤勝、左端に未来哉。予定時間は三十分程度らしい。

「よし、練習しよう。『南さん、日本では初めてのオネーギンになりますが、意気込みを聞かせてください。ドイツと同じように、日本でも高い評価を得られると思いますか？』」

「知らないよそんなこと」

「真面目にやれ。稽古場にいる君であれば、そんな風には答えないだろう」

「稽古場にいる時のぼくだったらニコニコするだけで口なんか利かない」

「しかしそれでは『炎上』する。会見はオンラインでも中継されるぞ」

　未来哉は少し黙り、ぱっと表情を切り替え、笑った。

「微力を尽くしまぁす」

　誰しもを魅了する輝く微笑を浮かべても、カイトはにこりともせず言葉を継いだ。

「それは『できる』ということですか？　それとも『自信がない』ということです

か？」

「ぼくに喧嘩売ってんのかよそのインタビュアーは」

「そうとは限らないが、芸能人をわざと怒らせたがる輩も存在することは忘れるな。怒ったり泣いたりしている顔には人気があるからな」

「そういうわけじゃないですけどぉ、諸先輩方の演技を稽古場で目の当たりにしてぇ、とっても緊張してまぁす。——ほらよ。今度はどう？」

「……正直に言っていいか。気持ちが悪い」

「これは『ぶりっこ』っていう伝統芸能！　気持ち悪いとか言うな！」

「意識してやっているならいい。好きにしてくれ」

それからも二人は翌日の会見に備え、午後十一時まで質疑応答の練習をした。

翌日。

「鏡谷さん！　今回の妊娠と降板のことはどうお考えですか！」

「二藤さん！　共演者がこのような形で去ったことに対して何か感じたことは？」

「檜山さん！　いぶさんと霧島マサユキとの関係についてどう思われますか！」

「南さん！　二藤さん！　今回のことを率直にどうお考えですか！」

未来哉はあっけにとられていた。

制作発表会見は不気味な静寂の中始まり、一通りの制作発表が終わり質問の時間になった途端、それまで黙っていた報道陣が一斉に牙をむいた。困惑する『オネーギン』メンバーの顔を待ち構えていたようにフラッシュが焚かれ、脇に控えていた雑用役のスタッフの制止を押し流すように勝手に質問が叩きつけられる。めちゃくちゃじゃん、と思っているうち、見知らぬマスコミの誰かと未来哉は目が合ってしまった。

「南さん！　日本での最初の演劇にこのような形で話題性が生まれてしまいましたが、どうお思いですか」

「…………ええと……」

マイクは思いのほか、大きな音で声を拾った。

途端に他の人間たちの目も、揃って未来哉の方を見た。日本の人って本当にみんな目が黒か茶色なんだなと思いながら、未来哉はぼうっとし始めた。頭が現実逃避を始めていた。

「南さん！　神楽いぶさんの稽古場での印象を教えてください！」

「舞台のプロとして南さんの目に彼女はどのように映りましたか」

「南さんはいぶさんと不仲だったという関係者談が届いていますが本当ですか」

「……関係者談って……どこから出たんですか、そんな話」

未来哉が尋ねても回答は与えられず、かわりに「それは事実ということですか」という質問か何なのかよくわからない言葉が与えられた。練習した無難な会話など何の役にも立ちそうになく、未来哉は舌打ちをした。だが運悪くその音もマイクに拾われた。またフラッシュが焚かれた。今度は全員の顔ではなく未来哉だけを狙って。

「南さん！　いぶさんの演技はベルリン大衆演劇賞を受賞した人間には到底許せるものではなかったということでしょうか」

「南さんといぶさんの関係について詳しく聞かせてください！」

何でこんなことになっているんだ、と思いながら、未来哉は呆然とペットボトルの水を飲んだ。何か言わなくてはならなかった。だが何を言う間も与えられない。ただただ話しかけられる。南さん、南さん、という声が、頭の中で渦巻を作り始めた。

その時、檜山菜々がマイクに咳ばらいをした。

「えー、私からお話ししますね。正直、いぶさんはあまり稽古場に来ていなかったので、特定の個人との関係がどう、というお話をするのは難しいと思います。でも女性キャスト同士はとても仲が良くて、私と小出鞠さんは彼女を『いぶちゃん』と呼んでいました」

「二藤さんと南さんも『いぶちゃん』ですか？」

「いえ、お二人は『神楽さん』でしたよ」

檜山は戸惑いがちな微笑を浮かべつつも、ハキハキと質問に答えていた。神楽いぶはとてもいい役者だったこと。ユーモアのある一言で現場の空気をなごませていたこと。

　できれば異性の出演者からのコメントがほしいとおぼしきマスコミたちのじれた雰囲気を一顧だにせず、檜山は最後まで言い切った。

「いぶちゃん、体に気をつけて、のんびり過ごしてね！　応援してるからね！」

　優しく手を振ってから、そうお伝えくださいと檜山は一礼した。教育テレビの一幕のような回答に、毒気を抜かれてしまったマスコミに、今度は鏡谷カイトが攻勢をかけた。

「さて、今回の日本初演『オネーギン』、その栄えあるメインキャスト陣から一言ずつコメントをもらい、今回の制作発表会見の結びとさせていただこうと思います」

　がっかりしたマスコミのため息を無視し、カイトは話を進めていった。まず鏡谷カイト。海山塾の海山への感謝と、楽しんでいただけるものになると思いますという無愛想な挨拶。次に二藤勝。西洋風の時代劇は初挑戦ですが頑張ろうと思いますという意気込み。檜山菜々。大きな役をいただき緊張していますがとても楽しいです、光栄です、云々。

　気づいた時には未来哉の番だった。

　名前を呼ばれた後、未来哉はしばらくぼうっとしていた。脳みそがうまく働かなかった。

「あー……」

前日の練習はフラッシュの光で全て飛んでしまった。言い淀むうち、報道陣の表情が再び尖ってくるのを未来哉は感じた。どうでもいいという気持ちが鎌首をもたげてきた。帰りますと言って席を立ったらどうなるだろうとも考えた。竹だったら喜んでくれそうな気がした。

無意味な半笑いを浮かべて時間を稼いでいるうち、目の端で何かが動いた。

二藤勝が立ち上がっていた。

「すみません、皆さんの期待してるコメントじゃないことは百も承知なんですが、ずっと言いたかったことがあるので、この場を借りて宣言させてください」

ざわめく報道陣の前で、二藤勝はマイクをもぎとり、未来哉を見据え。

そして宣言した。

「南未来哉、くん！　この場を借りて俺は宣言する！　君と俺、どっちかが池袋芸術祭の主演男優賞を取るとしたら、それは俺になるということを！　俺のオネーギンは、君に負けない新しいオネーギンだ！　楽しみにしていてくれ！　…………えー、という、ベルリン大衆演劇賞受賞者に対する、無謀な宣言でした。ありがとうございます」

ぺこりと頭を下げて着席した勝は、未来哉の方を見て笑っていた。

フォローされた、と気づいた時、未来哉の中で猛烈な怒りと屈辱感が燃え上がった。よりにもよって二藤勝にフォローされていた。これで終わるのだけは絶対に御免だった。

未来哉は嘆息し、ぶっきらぼうに呟いた。

「どうでもいい。ほんと、どうでもいいです。その…………主演男優賞をとるのは、ぼくなので」

おおー、という声が部屋の中に満ちた。未来哉は続けた。

「リビングルームのトロフィー棚に、一つ飾り物が増えるだけです」

リビングルームってどこだろう、と未来哉は笑った。たぶんあの狭い畳の部屋のどこかのはずだった。再びフラッシュが光る。

ちらりと横目で様子をうかがうと、二藤勝は笑っていた。頬はいきいきと輝き、目はきらきらと希望を映して輝いている。相変わらず違う世界の生き物だった。

「楽しみだよ、未来哉くん」

「胸をお借りします、二藤先輩」

再びフラッシュが爆発し、今度は二藤勝と未来哉の二人を包んだ。

会見後の控室で、未来哉は何故かいきなり二藤勝に感謝された。

「未来哉くん、ありがとう！　何か話題になることをした方がいいかなって思っただけで、リアクションは何でもよかったんだけど、受けてくれたおかげですごく盛り上がった」

「はあ。派手なやらせみたいなことするなあって思って見てました」

鏡谷カイトは、お得意の仏頂面に、それでも多少の安堵感を滲ませていた。

「やれやれ。どうなることかと思っていたが、特に炎上しそうな案件はなかったな」

「うおー、カイトもおつかれ。司会進行もありがと。お前本当に大変だったな」

「あんなのはなんでもない。君の挑戦宣言には驚かされたが、面白かったぞ」

「まあ、それなりに本心ではあるから」

フォローをしたわけじゃないんだよ、と言い訳をするように、二藤勝は呟いた。こいつもしかしてぼくのプライドのことまで気遣っているんじゃないだろうなと未来哉は再び苛立ったが、さわやかな俳優はどこ吹く風だった。

「未来哉くんのオネーギンを初めて見た時、ショックだったんだ。『俺いらないじゃん』って。それでも稽古を続けるうち、何となく自分のオネーギンがわかってきた気がする。今なら一方的にやられるだけじゃなくて、それなりに楽しい戦いになるんじゃないかな」

「大前提として、演劇は勝負ではない。君の好きなチャンバラとは違うぞ、勝」

「そのくらいはわかってるって！」

二藤勝と話している最中、鏡谷カイトはずっと楽しそうだった。未来哉は自分が苛立っていることを認めたくなかった。自分と話している時はもっと堅い顔をして、おちこぼれの生徒を見る先生のような顔をしているのにと、そんなことは考えたくなかった。

未来哉が二人の姿を見つめていると、二藤勝は視線に気づき、未来哉に向かって手を差し伸べてきた。握手したがっているようだった。笑顔は力強かった。

「全力でやろう。負けないよ」

この人勝手にいい方に解釈して勝手に進んでいくタイプなんだなと呆れながら、未来哉は微笑み、稽古場へと戻るミニバスの待つ駐車場へと向かった。

二席並びの窓側席に腰掛けながら、未来哉はカーテンの隙間から、新宿副都心のビル群を眺めていた。二藤勝に喧嘩を売ってしまった、虚栄をあばかれて指さし笑われるかも、と考えるだけで体が凍り付きそうだったが、何だか全てがどうでもよかった。さしあたり会見は乗り切れたのである。

その日、鏡谷カイトは深夜になっても帰宅しなかった。イギリスのスタッフとのオンライン打ち合わせがあり、時差の関係で深夜まで忙しいという。未来哉は釈然としない気持ちを抱えつつ、いつものように布団の中で体を休めた。

「未来哉くん。昨日の制作発表会見を見たよ。大変だったね」

　翌日の稽古場で、竹が未来哉を待っていた。ぼんやりと青く薄暗い、稽古場のメインルームを出てすぐの廊下で、竹は心底、憐れがる顔をしていた。

「二藤勝もどうかしている。ああいう時に話を振ってくるのは三流だ。下品なスキャンダルなんて頭を低くしてやり過ごすに限る。やっぱりあいつは嫌なやつだね」

　未来哉は言い淀んだ。未来哉への挑戦宣言のことを言っているらしい。でもあの時二藤勝は自分を助けてくれたような気がしたと、未来哉は言えなかった。

　ぽん、ぽんと、竹は未来哉の背中をあやすようにゆっくり叩いた。

「大丈夫。君は素晴らしいオネーギンをもう体現している。君の姿そのものがオネーギンなんだよ。ぶざまな連中のように、汗を流してしゃかりきになる必要なんてどこにもない。君は君のままでいいんだよ」

　鏡谷カイトだったら、声を荒らげてそんなはずがあるかと怒鳴りそうな言葉だった。未来哉は笑いそうになった。今までは竹と自分と海山しか存在しなかった頭の中の「こう言いそう」な人たちのリストに、いつの間にか鏡谷カイトも参加していた。

　未来哉が黙っていると、竹はそっと手を握った。触れたのか触れていないのかもよくわからない不思議な握り方だった。竹は上から覗き込むように微笑みかけてきた。

「君の存在は世界の財産だ。きっといい芝居になる。今日は少し休んだらどうかな？

連日稽古続きでは気が詰まってしまうだろう。美術館や博物館に行くのも大切な勉強だよ。例の件のことも考えてほしいしね。いやもちろん、急いでいるわけではないが」

　何も言えず、ただぼんやりしているうちに、未来哉は顔を上げた。

竹の背中の向こう側に、トイレから出てきた小川の姿が見えた。巨大な手を小さなハンカチでぬぐっている姿が滑稽で、未来哉は少し笑いそうになった。その姿に竹は怪訝（けげん）な顔をし、振り向き、うっと呻いたようだった。小川は一瞬変な顔をしたが、即座に笑顔に切り替えた。

「おっ、何ですか何ですかー？　お二人さんお揃いでー」

「……演技論について話していた。端役俳優には関係なかろう」

　小川はおどけた筋肉ポーズをとり、稽古場へと消えていった。竹もそれ以上は何も言わず、稽古場の隅の『竹チェアー』と呼ばれているパイプ椅子の上に腰掛け、芝居の様子を見守った。稽古場ではタチヤーナとオリガが夢占いの話をする場面の稽古が続けられていて、二藤勝はそれを真剣に眺めていた。

　何の気なしにスマホを取り出した未来哉は、通知が一件入っていることに気づいた。おかしなことに差出人は『小川薫』で、一分前である。

　稽古場の中を見ると、小川がスマホを鞄に戻すところだった。

メッセージはオネーギン座組の全員ではなく、未来哉にだけ送られたもので、簡潔だった。

『ちょっと話そう。稽古の後待ってる』

未来哉は眉間に皺を寄せた。こういう時には面倒なことが起こると相場が決まっている。稽古の後、未来哉は表情だけは涼しく取り繕い、小川のところに向かった。

「あれ、何だったんですか。誤送信ですか」

未来哉が剣呑に尋ねると、小川はぐっと顔を近づけてきて、未来哉が顔を背ける前に囁いた。

「大丈夫か」

「…………は？」

「何か困ってることあったら、誰でもいいから相談した方がいい。マネージャーが頼りにならないなら鏡谷演出でいいと思う。あいつは責任感があるから」

「何を言われてるのかわかりません」

「それならそれでいい。でも君は一人じゃない。それだけ言いたかった。じゃ！」

言いたいことだけを早口に言うと、小川は古い刑事ドラマのキャラのように、シュッと鋭く額に手を構え、小走りに去っていった。家が稽古場の近くなので、歩いて通っているらしい。

　その夜、鏡谷カイトは練習をすっぽかした。二日連続でアパートに戻ってこなかった。女でもできたんじゃないだろうなと冷笑していた未来哉は、鬼のように長いメールを受け取りぎょっとした。自主トレのメニューと、今日の決闘場面の、出し切れなかった『駄目』が羅列されていた。吐きそうな思いで最後まで読み切ると、『駄目ではなかったところ』も不器用に箇条書きされていて、未来哉は笑いそうになった。鏡谷カイトは決して人を褒めるのがうまくはないようだったが、有り余るほどの誠実さを持っている。

「……………」

　恥ずかしいと思いつつ、未来哉は三脚にスマホを固定し、カイトにアドバイスされたように演技する自分の姿を動画に撮った。動画は大容量ファイル転送サイトにパスワードつきでアップし、ダウンロードアドレスをカイトに送った。

　シャワーを浴びて部屋に戻ると、スマホは着信履歴でいっぱいになっていた。鏡谷カイト鏡谷カイトカイトカイトでめまいがしそうだった。ぞっとしながらも折り返し電話をかけると、カイトは息せき切って応答した。

『もしもし！　やっと繋がったな。君のバージョンがよくなっている。コリン式を下敷きにしつつ、日本人の感性が加わっている分、今の方が日本公演には相応しいように思う』

「……ありえない。コリンは『サー』コリンだよ。うまいこと言って乗せようとしても無駄」

『肩書や年齢など演技の前では紙屑だ。そして一つの演技プランで世界中の全ての人間が満足することもありえない。だが確かに、一度見ただけでは確信が持てない部分もある。今夜中にもう二、三回同じ場面を演じ直して動画で送ってくれないか』

「今夜中?!」

『明日はまた別の場面の稽古だ。明日の夜はそちらの芝居を見せてもらう』

「……明日は帰ってくるんだよね」

『もちろん。二日も空けてしまってすまない。今日はイレギュラーでな』

何だか気持ち悪いことを言っている、と思いながら、未来哉はそうと請け合った。カイトはその後すぐ電話を切ってしまったので、何が起こったのかは尋ね損ねてしまった。

「…………………」

未来哉は迷った。まだ夜の九時を少し回ったところで、就寝するには早い。体力もないではない。だが面倒だった。しかし眠ったら明日になってしまう。明日になればまた別の場面の稽古が待っていて、カイトに今日のぶんの演技を見てもらう機会は遠のく。

それはもったいない気がした。

覚えのない感情に顔をしかめながら、未来哉はちゃぶ台を片付け、演技を始めた。途中までやったところで動画を撮影していなかったことを思い出し、呆れ笑いしながら三脚に端末をセットした。

翌日、いつも通りのはずの稽古場に、竹の姿がなかった。

戸惑う一同の前に、カイトは見慣れない老年の俳優を一人伴ってきて、淡々と告げた。

「竹さんは一身上の都合で『オネーギン』に参加できなくなった。申し訳ないがご承知おきいただきたいというメッセージを預かっている。こちら、劇団ブックメイカーからお越しの皆神宝治さん。竹さんからグレーミン公爵役を引き継ぐ。皆神さん、よろしくお願いします」

総白髪だが動きの機敏な老人は、無言で頭を下げた。皆が混乱していたが、誰も何も尋ねなかった。何も言うなとカイトの瞳が雄弁に語っていた。

一日の稽古が終わった後。夜のアパートで、未来哉は何も飲まず食べず、カイトの帰宅を待っていた。扉が開くや否や、未来哉はカイトに食らいついた。

「何があったの。何であんなことになったの」

「あんなこと？　ああ、皆神さんか。彼は竹さんの代役で」

「だからそれは何でさ。何で竹さんは消えたの」

「ざっくり言えば体調不良だ。続けられないという申し出があった」

「海山先生から依頼されたキャスティングだったのに」

「責任者は彼ではなく僕だ。問題があると判断した場合の処分は一任されている」

「『問題がある』って何？　もしかしてぼくのことで何か」

「話せない。海山先生にも話を通している。この話はこれで終わりだ」

未来哉はどっと崩れるように、日焼けした畳の上に膝をついた。四つ這いになってもまだ平衡感覚がおぼつかなかったので、胎児のように体を丸めてうずくまった。

「もうだめだ。おしまいだ。もうだめだ」

「未来哉」

「来るなよ！　お前！　お前のせいだ！　うまくやってたのに！」

「未来哉！」

「何が『話せない』だよ。どうせ小川がお前に何か言ったんだろ。あいつが余計なことするから！　あいつがぼくの将来をめちゃくちゃにしたんだ！」

おしまいだ、おしまいだと言いながら呻いているうち、未来哉は奇妙なことに気づいた。カイトが立っていた。しゃがんで未来哉をなぐさめるでもなく、出てゆくでもなく、実験体を観察する科学者のような目つきで未来哉を見下ろしている。

何だと尋ねる代わりに、ぐしゃぐしゃになった顔をあげると、カイトは顎でしゃくった。

「続けるといい。面白い」

「……こっちは全然面白くねえんだよ！　このクソ野郎！」

「何故竹にそう言ってやらなかった。お前がしているのはハラスメント行為だ、やめろと言わなかったのは何故だ」

「わかってるんじゃん。やっぱり全部知ってるじゃん」

「僕が知っているのは報告された一部の案件についてだけだし、これも君と僕の間だけでの話だ。君が訴えない限りこの件は公表されない。その上で尋ねている。何故だ」

「面倒を見てくれるって言ってくれたんだもん！　ぼくが何にもできなくなっても！ずっと養ってくれるって！」

「……はあ？」

未来哉はよろめきながら立ち上がり、カイトに背を向けて独白した。

「顔で売った人間が年を取って醜くなった時どのくらい悲惨か、あの人はよく知ってたよ。竹さんの昔の写真を見たことある？『ファウスト』のヘレネー役も務めた美青年だったんだよ。それが今はああでしょ。『自分には君の辿る苦しみが見える』『私に君を守らせてほしい』『私の言うとおりにしていれば一番苦しくないよ』って、そう言ってくれたんだ」

「全く理が通っていない。ただのマインドコントロールだ」

「違う！　だって他に誰もぼくにそんなこと言ってくれなかった！　ぼくはぼくのままでいい、つらいことなんかしなくていいんだって。だってどうせ何をしても無駄になるから」

「他人の一生に責任を持てる人間など、はなから存在しない。もしそんなことを言うやつがいたら、それはただの詐欺師か、自分自身の姿すら見えていない憐れな手合いだ」

「でも彼はぼくの将来の苦しみをわかってくれたもん！」

「詭弁だ。お前にすらわからない未来の苦しみを、どうして赤の他人が見通せる？」

「……………だって……」

「僕たちは不安定な業界に軸足を置いて飯を食べている。将来が不安になるのもわかる。職業病のようなものだ。だがそれは愛すべき隣人のようなものだ。僕たちは自分の不安とうまく折り合いをつけながら、不安定な仕事を続けてゆくしかない」

未来哉は何も言わず、アパートの壁に額を擦りつけ、ずるずると滑り落ちるように座った。何も見たくなかった。現実という現実が怖かった。要するにいつもと同じだった。

カイトは稽古場と同じ、濃淡のない声で喋った。

「これから僕は陳腐な台詞を言うぞ。自分を信じろ、南未来哉。君は才能にあふれる、実力ある俳優だ」

「……嘘だよ。ぼくは、ぼくに才能も実力もないこと知ってる。顔はいいけど」

「実力の有無を決めるのはお前じゃない。顔だけの俳優なのか、それとも『実力があって顔もいい』俳優なのか、決めるのはお前の芝居を見た観客だ。役者とはそういう存在だ」

言われてみれば確かにそうだった。ぞっとするような結論が待っている気がして、未来哉は何も言えず凍り付いたが、カイトはまだ笑っていた。

「そして改めて言うが、そういう評価は、お前自身の価値とは無関係だ。名優だろうが大根だろうが、美男だろうがそうでなかろうが、お前が大事な人間であることに変わりはない」

「……は？　言ってることとさっきと全然違うじゃん」

「違わない。役者には二つの価値があると言っているんだ。一つは商品としての価値。お客さんが判断する価値。もう一つは演劇とは何の関係もない一人の人間としての価値だ。お前はそれを一緒くたにしている。もちろん完全に分離させて考えることは難しいかもしれないが、それにしても行き過ぎだ」

「……美男でもなくて演技もしてないぼくに価値なんかないんだけど？」

「ある。お前がどう思おうが関係ない。あるものはある」

「ない」

「ある！」

鏡谷カイトは大喝した。未来哉がびくりとすると謝罪したが、言葉は止めなかった。

「全ての人間には価値があるんだ。そうでなければ誰も芝居を見に来ない。人は誰も自分の背中を本当の意味で見ることはできないが、他人の背中を見ることはできる。それを通して自分の背中を見たいんだ。言っていることがわかるか」

「……海山先生の呪文みたいなこと言ってる」

「どちらかというとこれは、僕の親友に教えてもらった呪文だな。お前には価値があるんだ。これはお前という建造物を建てるための土台の基礎の基礎だ。基礎のないものの上には、ピラミッドどころかあずま屋も建てられない。そこを理解した上で、仕事に取り組んでほしい」

未来哉はふいに、ドイツで暮らしていた頃、うんと小さかった頃を思い出した。ドイツ暮らしの長い日本人夫婦の一人息子だった。父親に連れられて、子ども向けの演劇を観に行ったらとても楽しくて、はたきの羽根を全部切り落として体のあちこちに突き刺して踊っていたら、いつも暗い顔をしていた母が少し笑ってくれて嬉しかった。その翌日父は消えて、それっきり消息は分からず、精神的に追い詰められた母は祖父母の家に未来哉を預けた。

ドイツ人の祖父と日本人の祖母は優しかった。モデルの仕事やダンススタジオに未来哉を送り出し、上手に踊れたり目立ったりすると褒めてくれた。だが母は来なかった。何をしても母は来なかった。父が来ないのは子どもも心にもわかっていたが、何故母も来てくれないのかはわからなかった。一度くらいランウェイやダンスの公演を見に来てくれてもいいのにと思っていたが、いつまで経っても母は来なかった。

そのうち未来哉は十六になり、海山と出会った。芝居の面白さに惹かれていた頃である。熱心に口説かれ、未来哉は彼の芝居に端役で出演した。楽しかった。全身の血が沸騰するように楽しくて、それ以外のことは全て忘れた。世界の全員に反対されたとしても、これを永遠にやっていたいと思った。

未来哉は海山塾に入った。そしてオネーギンの役をもらった。テレビの中の人のものであった大衆演劇賞と、金色の熊が神の顔の入ったメダルを抱くトロフィーをもらった。母はテディベアを集めるのが好きだったので、これをあげたら喜んでくれるかもしれないと思うと嬉しかった。

動画サイトでニュースを見つけたのはそんな折だった。

望まぬ妊娠出産が女性のキャリアに与える悪影響、その精神的虐待性、というトピックで、実際に苦しむ女性たちにインタビューをした骨太なものだった。その中の一人に母がいた。

顔はモザイクで隠されていたし、声色も違ったが、確かに母だった。背景に並んだテディベアたちにも、モザイクがかかっているのがおかしかった。

『息子には本当に悪いことをしてしまったと思っているんです。私は母親らしいことを何一つとしてしてやれませんでした。したいとも思いませんでした。それはただの社会的な押し付けにすぎなくて、私は彼のことなんかどうでもいいと思っていたんです。彼のことはもう忘れたいです。自分が子どもを産んだことを、できればなかったことにしたいです』

母は涙を流して語っていた。

ああそれは、ランウェイもダンスの公演も見に来ないだろうと、即座に納得できる話だった。

未来哉は熊のトロフィーを壊そうとしたが、思いのほか頑丈でまるで壊れなかった。ミキヤ・ミナミという刻印を削り落とそうとしたがそちらもうまくいかず、結局名前がずたずたに傷ついただけだった。トロフィーを持って呆然としていたところに、現れたのが竹だった。

竹は優しかった。抱きしめて泣かせてくれた。いなくなってしまった父親にもう一度会えたような気がした。そしてことあるごとに、君のことが大好きだ、君はありのままでいいと言って聞かせてくれた。父親にしてはべたべたと体を触ってくるのが気持ち悪かったが、それを我慢すれば竹はいい人間だった。

いい人間だと思っていた。

目を潤ませる未来哉に、カイトは穏やかに語りかけた。

「お前がどこの誰であれ、どんな容貌であれ、どんな心根の人間であれ、お前には価値がある。そして僕はお前にオネーギンを演じてほしいと思っている。他の誰でもないお前に」

「……二藤勝とはタイプが違うから、いい引き立て役になると思って？」

「二藤勝を甘く見るな。あいつに『引き立て役』なんてものは存在しない。彼がいるところには光が生まれる。僕がその光に導かれてここまでやってきたようにな。巨大なスポットライトのように、彼はお前をさらなる高みに引き上げてくれるだろう」

「太陽崇拝か何かかよ」

「正にその通りだ。僕にとって彼は太陽のような存在だ」

とはいえ芝居の評価に手心は加えないが、という顔は、ぞっとするほど冷たい演出家のものだったが、未来哉にはそれが不思議と心地よかった。日本の家に入る時には靴をぬぐという類の、礼儀作法に従おうとしているように見えて清々しかった。

「二藤勝とする仕事は楽しいぞ。そしてお前と一緒に仕事をするのも、僕はとても楽しんでいる。面倒くさいと思うことはあるが、愉快でもある」

「…………」

「できればお前にも、そういう楽しさを味わってほしい。再三言うが、君のコンプレックスにつけこんでいいように操ろうとしてくる人間に将来を預けるな。それは誤った道だ」

「……コンプレックスとかないんですけど。竹さんとだってまあ……うまくやってたし？」

「もし君と竹が、二人で楽しく幸せそうにしていたら、情報提供者もそう簡単に僕に話を通しはしなかっただろう。だがその人は言っていた。『未来哉は全然楽しそうには見えなかったし、いつも表情が引きつっていた』と」

「『いつも』……？　見たのは一回だけじゃないの？」

「これ以上は何も言えない」

　カイトは口をつぐんだ。それ以上尋ねても何も言ってもらえそうにはなかったので、未来哉も追及しなかった。

しばらく黙り込んだ後、未来哉は何気ない風を装い、口を開いた。

「……仮にの話だけど……何か将来的にいいことをしてあげるから一緒にホテルに行こうって言ってくるやつって、たぶんその約束を守る気はないよね」

「守る気があろうがなかろうが、それは卑劣な行為だ」

未来哉はぐっと拳を握りしめ、大きく深呼吸をするように天井を見上げ、嘆息した。

「……男も男にセクハラする時代になったんだねえ」

「昔から行為自体は存在したはずだ。だが見えにくかった。男女間のセクハラすら見過ごされてきたのだからな。自分を大事にしろ、未来哉。お前の行動が後続の人間を救う」

「後輩のこととかどうでもいいですし？　ぼくはぼくさえよければいいし？」

「そうか。であれば猶更、自分のことを大事にしてやるべきだな」

「自分を大事に自分を大事にって最近よく聞くけど、それって本当にいいことなわけ？　ぼくは役者としてうまくやれるなら、体なんてボロボロになっても構わないけど」

「その考え方はとても古い。役者はまず己の心身の健康管理を一番に考えろ。健康であれば多少の無理は利く」

「……スキンケアをしっかりしないと、化粧の乗りが悪いのと同じじか」

「そういうものか。僕はあまりそういうことをしないからな」

「メンズメイクも今時は基本！　頭が古いよ、鏡谷演出」

　未来哉はにやっと笑った。カイトは目を見開いた後、楽しそうに微笑み返してきた。

ああこの男はほっとしたんだなと思った時、未来哉も何故か少しほっとした。ずっと前から肩の上に載っていたダンベルのようなものが、すうっと蒸発して消えたような気がした。

　未来哉は何でもないふりをして尋ねた。

「新しいグレーミンの皆神さんって、どんな人？　絡みはそんなにないと思うけど」

「個性的な人だ。国際的な戦災孤児保護プロジェクトに参加していて、今は日本に帰ってきてすぐらしい。さて、雑談は終わりだな。今日の分の稽古を始めるとしよう」

「おえー。今日はいろいろあったからこれでお開きでよくない？」

「君がそうしたいというならそうするが、明日のタスクは二倍になるぞ」

「ほとんど脅しじゃん」

　カイトは否定も肯定もせず、真顔で未来哉を見ているだけだった。やると言ったらやるらしい。こういうところは海山にそっくりだと思いながら、未来哉は渋々畳から立ち上がった。

稽古の後。隣人が眠りについたと判断した後、カイトは自室でスマホを繰った。いつでも連絡してという言葉通り、相手は即座にカイトの電話に応えた。

『もしもし』

「夜分にすみません。鏡谷です」

『気にしないでください。未来哉くんは？』

「大丈夫だと思います。細かくは申し上げられませんが……」

『そんな話は絶対にしないで』

「わかっています。檜山さんに感謝しています」

『そういうことは小川くんに言ってあげて。ああいうことに気づける男の人って本当に貴重なのよ。わからないか、わかっていても無視する人の方が多いから』

問題が起こっているかもしれない、という連絡を秘密裡に寄越したのは檜山だった。小川から案件を相談され、それまでにも何かがおかしいと思っていた事柄が、ただのバラバラな思い過ごしではなかったことを確信したようだった。

『私は気が強いから、おかしいことがあったらすぐに口に出してしまうけれど、そういう子ばかりじゃないのも知ってる。そういうことをするとお前の仕事の態度は間違っているって脅されたりするし、実際に仕事を外されることもあったから。でも後悔したことは全然ないのよ。もっと悪い方向に行くのは避けられたと思うから』

そして檜山は、祈るような口調で喋った。

嫌な目に遭う子が、本当にいなくなってほしい――と。

『そんなのはもう昔のことで、今はそんな時代じゃないって、同業者みんなに思ってほしいの。相手が誰であっても。男でも女でも』

「同意します」

『鏡谷演出は人の痛みがわかる人ね。あなたと仕事ができて嬉しいです』

「………では、もう遅いので」

『おやすみなさい。また明日稽古場で』

カイトは電話を切り、端末を充電器につないだ後、深いため息をついた。いろいろな思い出が頭の中をぐるぐる回っていた。トイレの床のラーメンも裸踊りも、永遠に消えない思い出として体の中に残っていたし、何かのきっかけで思い出すたび気分は落ち込んだ。

それでも檜山のねぎらいの言葉は、カイトの胸の古傷を少しだけ癒した。

オネーギンの稽古はつつがなく進んだが、思いもよらないトラブルも発生した。

神楽いぶの妊娠の次にやってきたのは、何らかのデモ団体だった。年齢、服装はばらばらだが、一様に手作りのプラカードを携え、シュプレヒコールをしている。

「ちょ、ちょっとオリガ、外によくわからない人たちがいるんだけど」

「私にもよくわからないわ、タチヤーナ姉さん……」

「『オネーギン上演に反対する会』だそうだ。まったく、情報化社会も考え物だな。稽古場の場所がすぐにばれる」

SNSの検索をしていた鏡谷カイトは、自身のスマホの画面を座組の面々に差し出した。

映っているのは、『戦争犯罪を許さない』という市民団体のページだった。細かい文字でいろいろなことが綴られていたが、ほぼ『オネーギン』には無関係で、ようやく演劇の情報が出てきたのは、最後の一パラグラフだけだった。

「『このような時期に、大々的にロシアの演劇を催行することは、プロパガンダ活動に寄与することに他なりません。断固として抗議します』……ああ、そういう」

二藤勝は納得し、鏡谷カイトも頷いた。

「時勢上、こういう可能性もあるとプロモーターも言ってはいたが……」

未来哉は今までの出来事を時系列順に思い起こした。カイトが『オネーギン』の仕事を受けたと、海山から未来哉が聞いたのは夏になる前である。当時既にロシアは戦争を始めていたが、すぐに終わるだろうと未来哉は楽観視していた。だがその後も戦争の報道は続き、もしやこれは長引くのかと思っているうちにもう初秋だった。その間にもずっと、どこかで家が爆撃され、兵士が銃を撃ち、子どもが死んでいた。

どちらかというとドイツの友人たちの方が実感を持って伝えてくる話であったので、まさか日本でもこういったことが起きるとはと、未来哉は少し感動を覚えた。ドイツに比べれば、日本はお世辞にも市民の政治参加意識が高いとは言えない国である。同調圧力も強く、デモ活動に関する風当たりも強い。そういう中で自分の意志を表明する行為は称賛されてよいはずだった。が、それが自分の仕事に向かってくるとなると、話は別である。

戦争反対は大前提である。だがそれはそれとして。

「『許さない』って言われても……こっちも仕事なんですけど」

未来哉が低く呟くと、二藤勝と小出鞠が少しびくりとした。檜山だけが苦笑し、そうよねえと請け合った。カイトは相変わらずの無表情で告げた。

「興行の是非について決断を下すのは僕たちじゃない。スポンサーだ。そこからノーが出てしまえば手も足も出ないが、そうではない場合に僕たちがすべきことは、自分の芝居のブラッシュアップだ。仕事をするぞ。それでは、今日もよろしくお願いします」

未来哉たちはハイと唱和した。だがそれでは終わらなかった。

でも、という声をあげたのは、珍しいことに小出鞠だった。

「役者側からの声明を求められたら、私たちはどうすればいいんでしょう……？」

「声明？」

二藤勝が尋ねると、小出鞠は頷いた。

「以前出演したお芝居に……女性がセクハラを受け入れるシーンがあって……それがSNSで話題というか、問題になって……『役者はどう思っているのか』って、取材で質問されたんです。『オネーギン』のプロモはこれからが本番だし、そういうこともあるんじゃ……」

鏡谷カイトは納得顔で頷いた。そんなの自分で好きに答えればいいじゃないかと未来哉は思ったが、小出鞠は不安そうな顔をして、変なことを言ってお芝居の邪魔をしてしまうのが怖いですと震えた。そうね、と言いながら檜山も寄り添ったが、実のところ彼女はあまり怖がっていないようだった。未来哉はしらじらと二人の『姉妹』を見つめた。

カイトは咳払いをし、デモ隊のコールが聞こえる中、全員に向かって告げた。

「こういう件に関して、稽古場の全員が同じ意見になることはないだろうし、なる必要もない。だが何らかの『総合的な意見文』は必要かもしれない。皆さん、どこかで一度、この問題を考えるワークショップの時間を取りましょう。稽古に全く余裕がないわけでもない。テキストの深い理解にも役立つかもしれません」

「うざー。余計な時間をとられそう」

「失言で余計な騒動を起こしたいなら好きにしろ。僕は殴るかもしれないが」

「暴力はんたーい。ま、やるっていうなら何でもやれば？」

　未来哉がそう答えると、何故か周囲の人々が多少引いていた。二藤勝と小出鞠が、何か奇妙なものでも見るような目で未来哉を見ている。そういえば稽古場でこういう姿を見せるのは初めてだったかもしれないと未来哉は思ったが、今更どうでもよかった。既に何十回もアパートで鏡谷カイトに晒している姿である。一人にバレればあとは同じだった。

　鏡谷カイトはてきぱきと喋った。

「いずれにせよ話し合いはあった方がいいだろう。各人の意見を知っておくのも重要だ。ありがたいことに今日の午前中は全員が揃う。小川さんがやってきたら、休憩がてらその話を」

　と、カイトは不意にびくりとし、振り返った。誰かに腕を摑まれたのだった。

　翻訳者の森かなえだった。

「鏡谷さん。僭越ではございますが……わたくしに……考えがございます。ワークショップの前に、少々お話をさせてください。このことは……簡単にどうにかなる問題では、ございませんが……わたくしにも何か、お役に立てることがあるかと……」

森の小さなシルエットが、未来哉にはいつになく巨大に見えた。

KNTテレビ・BOSSブロードバンド主催『オネーギン』ご観劇の皆様へ

このたびのロシアの戦争行為について、われわれは以下の通りの声明を発表し、スタンスを明らかにいたします。キャスト・スタッフ一同は、以下の声明に賛同するものです。

・・・

本プロジェクト発足の際、『オネーギン』の生まれ故郷に、戦争の影はありませんでした。文豪、アレクサンドル・プーシキンはモスクワに生まれ、ままならない日々を過ごしつつ、『ルスランとリュドミーラ』、そして『オネーギン』などの傑作を著しています。

ロシアの大地は雄大です。ロシア語とはとても豊かな言葉です。

そしてその言葉は、決して無辜の人々を虐げる人間だけの言葉ではないのです。

プーシキンと同じく、あるいはそれ以上に、ロシアの人々に愛される文豪トルストイは、著書『戦争と平和』の中で、厳しく戦争を弾劾しています。無辜の人々に流血を強いる行いは二十一世紀の今もやむことはありませんが、決して許されるものではありません。

人は何故争うのか？　何故手を取り合うことができないのか？

これは永遠の問いであり、私たちの一人ひとりが現実として向き合い、解決に取り組み続けなければならない問題です。『オネーギン』の言葉が、現代に生きる私たちの心をうつように、人は時間や、文化や、国境を越え、わかりあい、愛し合うことができるはずです。

虚無の世界に背を向けて、人々の思いが繋がる未来へ。我々の演じる『オネーギン』が、暗闇にかすむ世界を、いっときでも明るく照らし、未来へと導くともしびの一つになれることを、キャスト・スタッフ一同、心から祈っています。

・・・

本公演中には、戦争被害に遭われた人々への義援金受付カウンターを設置いたします。皆さまのあたたかいお心に感謝いたします。〈以上〉

ステートメントが出たのは稽古中の昼休憩の時間だった。全員で話し合った末に考えた言葉に、森がプーシキンについての文学的な要素を付け加えて、仕上げた文章である。凄まじい勢いでシェアされてゆく宣言をぼーっと見つめているうち、未来哉は気配を感じて振り向いた。二メートルほど後ろで小出鞠ゆみりがもじもじしている。未来哉の様子をうかがい、口元に手を当てていた。

何ですか、と威嚇(いかく)するような目を向けると、小出鞠はおずおずと笑った。

「あの……南さん……今日、鶏肉のサンドイッチを作ってきたんです。皆さんに差し上げていて……よければ南さんも、どうぞ」

無意味にこういうことをする人間が本当にいるんだ、という軽蔑にも似た感情を覚えつつ、それでも未来哉はサンドイッチを受け取った。ただでもらえる食料は何でもありがたかった。いただきますと告げ、大きく一口かぶりつくと、未来哉は眉間に皺を寄せた。ジューシーで深みのある鶏のから揚げの味がした。小出鞠はひっと呻き、胸の前で手を組んだ。

「大丈夫ですか？　変な味がしましたか？　ごめんなさい……」

「そうじゃなくて」

　未来哉は高速でサンドイッチを嚥下した後、慌てる小出鞠をじっと見た。

「味付けがヨーロッパっぽい。ディルとサワークリームの味……昔、そっち系のレストランで食べた気がする。チキンキーウでしたっけ……？」

「それです。それをパンにはさんでみたんですけど……おいしいですか？」

「……全部食べてから感想言います」

　未来哉は小出鞠に背を向け、もさもさとサンドイッチを食べた。おいしかった。激安ビーガンフードが宇宙の彼方へふっとんでゆくようなおいしさだった。そもそもまともに味がするものを食べるのが久しぶりのような気がした。

　母なる大地に感謝をささげたい気持ちになりつつ、未来哉は振り向き、宣言した。

「おいしかったです」

　そして驚いた。小出鞠の後ろには、小川と檜山と二藤勝と鏡谷カイトがいた。全員未来哉を見ていて、何故か楽しそうな顔をしていた。からかわれているのかと未来哉が皮肉っぽい笑みで威嚇すると、二藤勝がとりなした。

「違う、違う。みんなこのサンドイッチを食べて、全員開口一番『おいしい』って言ったから、未来哉くんも言うかなって、みんなで待ち構えてたんだけど」

「やっぱり言ったな！　わかるぞー。だって本当にうまいもんな」

「これでビンゴ達成ね、よかったじゃない、可愛いオリガ」

「そ、そういうことは抜きに、おいしいって言ってもらえて、嬉しいです……」

　未来哉は不思議だった。自分が人の輪の中に自然に交じっているということが、ただただ不思議だった。ドイツではアジア人風の名前と顔立ちで、日本では西洋人然とした雰囲気と顔立ちで、自分のための居場所などどこにもないと思っていた。趣味の世界でも、職業の世界でも、それ以外でも。だがいつのまにか、未来哉の周りには人がいて、何故か同じサンドイッチを食べている。

　感慨に浸りながら、未来哉はぼーっと携帯端末の天気予報を眺めた。予報では明日も明後日も晴れとのことだった。


　池袋芸術祭は刻一刻と近づいていた。存在だけしていてまるで動いていなかったSNSアカウントも、急に目覚めて動き始めた。AからEのアルファベットで呼称される、芸術祭五つのメインステージ、つまり劇場の紹介。それらのステージで開催される演劇作品のプロモーション。『上達部』『花之丞七変化』『愛はあらしのごとく』

『きらきら星は誰かの死体』『げんきなピッピ』など。『オネーギン』はAステージこと、池袋芸術劇場の大ホールをほとんど占有して開催される祭りの看板作品だった。祭りの期間は二週間。連日通いつめれば、数十の作品を鑑賞することも不可能ではなかった。

未来哉は休憩時間にＳＮＳをサーチしていたが、時々よくわからない言葉にぶつかった。

『本命オネーギン　穴馬が花之丞七変化　ゲリラ枠は不安　#袋祭』
『#袋祭　一度くらいはゲリラ観られるかな　毎年何が来るかわからん』
『場所が土壇場までわかんないんだよねえ　遭遇はもはや運　#袋祭』

「ねーカイト、ゲリラって何？　袋祭タグで探すと、みんなそういう話をしてる」
「何だそのタグは」
「池『袋』芸術『祭』の略。公式タグじゃなくて、ファンが呟くときに使ってるやつ」

隣の部屋から髪の毛を乾かしながらやってきたカイトに、未来哉は畳の上に寝転がった姿勢で話していた。カイトは渋々といった声で答えた。

「ゲリラというのは、いわゆるFステージで行われる公演のことだろう」

「F？　メインステージはEまでしかないんでしょ」

「場所としてはそうだが、期間中に毎日芸術祭ゾーンのどこかで芝居が行われる。事前の告知はないが、一応僕には知らされている。AからEのステージとは時間が一度もかぶらない」

「フランスのアヴィニョン演劇祭みたいなことをしたいわけ？　路上で芝居をおっぱじめるような？　あっちと東京の区じゃ予算が全然違うのによくやるね」

「頑張るからもっと予算を出してほしい、という切実な訴えでもあるのだろう」

未来哉が告げたのは、世界最大の『街ごと演劇祭』の名前だった。フランス全土のみならず、世界中の演劇ファンが訪れる、夏のバカンスシーズンの大イベントである。未来哉も訪れたことがあり、チケットなしで幾つもの芝居を観た。

「公演とかぶらないなら、ぼくもいろいろ観られるといいなー」

「悠長なことを言っている場合か」

池袋芸術祭の期間に先駆けて、『オネーギン』の公演は開始される。芸術祭と重なるのは、公演終盤から千秋楽にかけての日程である。大変な人気チケットになるため、池袋芸術祭のチケットを購入していても、低額券の場合は『オネーギン』は観られない。

『オネーギン』の開始まで一か月。稽古場の中にも「この場を練習できるのはこれが最後かもしれない」という、びりびりした空気が漂い始めていた。

　未来哉はいまだ、自分の演じるオネーギンという男の総体を摑みかねていた。

「現状のお前を板に上げるわけにはいかない。今のお前はフランケンシュタインの怪物だ。コリン式の解釈とお前の解釈とがチグハグで、一本の筋の通った芝居になっていない」

「みんなぼくの顔だけ見てくれたらいいのに」

「聞き飽きた。どれほど好みの顔であっても、百秒も眺めれば人間は慣れてくる。芝居は二時間三十分だ。残りの二時間二十八分二十秒、客をうんざりした気持ちで過ごさせるつもりか」

「それのどこが悪いのさ！　どうせぼくの日程のチケットは『二藤勝の日程が買えなかったから代わりに買おう』って人たちが、諦め半分で手に入れるチケットだよ。大して期待なんかしてない」

「売り上げの話を聞いていると、それがどちらかというと逆らしい」

「……………は？」

「ベルリン大衆演劇賞と、ワイドショーの特集が効いている。さすがだな」

「日本人騙されやすすぎなんですけど！　ぼく十九だよ？　天才でも何でもないんで

すけど？　そんないい芝居できると思う？」

「あと一か月で二十歳だろう。若い役者には注目が集まる。そして君の経歴はおびただしい箔つきだ。海山先生が見出した才能、演劇賞、そして今回の大抜擢。話題性は抜群だ」

「期待過多。お客さんのガックリする顔が今から楽しみ」

「だが君は着実にオネーギンを摑みつつある。僕や稽古場の人たちにはきちんと伝わっている。無暗に自信がないのは気になるが、あとは真面目に稽古に打ち込めばいい」

「十分真面目にやってるんですけどー」

「ならせめて立ち上がって僕と喋れ」

「今背中のストレッチしてたの！」

「もう十分だ。立て」

未来哉は焦っていた。オネーギンは知れば知るほど他人に思えない男である。ものごとを斜めから見ていて、本心を誰にも明かさず、自分と世界を軽蔑し、生に倦んでいる。

だからこそ、最後まで未来哉はタチヤーナという女が嫌いだった。

オネーギンは生きながらにして、自分の存在に死体のように愛想をつかしている男である。死ぬほどの価値もない人生を、毎日シャンパンや乗馬でやり過ごしている。

そんな自分に恋心を募らせる女など、馬鹿馬鹿しくて視界にも入れたくなかった。

しかし時が過ぎ、各地を放浪した後に出会ったタチヤーナは美しい公爵夫人になっていた。そしてオネーギンはタチヤーナに恋文をしたためる。

それが未来哉にはわからなかった。

ああやっぱり、自分なんかを好きになった人間は、じじいと結婚するのがオチで、どうせ大して幸せでもないのだろうと、嘲笑って去ってゆくのならわかった。だがオネーギンはなりふり構わずタチヤーナに求愛し、みじめにすがる。サー・コリンは完全にタチヤーナを『オネーギン自身の失われた若さ』として解釈しているようだったが、既に人妻になり、気取った様子でちんとしている相手に若さを見出す理由が、未来哉には理解できなかった。

未来哉がそんなことをうにゃうにゃと呟いていると、カイトが何故か頷いた。

「君がそういうことを言うのは、大体想像がついた」

「こっわ。人の心読まないでくれます？」

「見ていればわかる。二度目の手紙の場での君の演技は、コリンの殻を捨てて以来、迷ってオドオドしているからな。そういう時相談すべき人物を、僕は一人しか知らない」

「……二藤勝とか言ったらぶっ殺す。あいつをこの家に連れてきたらオネーギンを降りるって言ったよね」

カイトは何も言わず隣室に去り、三十秒ほど後、ラップトップを持って戻ってきた。動画通話の画面になっていて、黒いポロシャツにクルーカットの、ゲルマン系の顔をした男が映っている。見覚えのある顔だった。

「未来哉、こちら戯曲『オネーギン』の作者、ヒューバート・ローリンソン氏だ。ハロー、ヒュー。ディス・イズ・ミキヤ。プリーズ、プリーズ」

とんでもないカタカナ発音の英語にも、ヒューバートはオーケーオーケーと答えていた。まだ現実を受け入れられない未来哉の前に、カイトはそっとパソコンを差し出して、何故か部屋を出ていった。カメラはオンになっていて、画面の中では偉大なる劇作家が未来哉に手を振っている。

『ハロー！　久しぶりだね、未来哉。元気かい？　英語で話すけど大丈夫？』

未来哉は目を白黒させながら、もちろんですと請け合った。

ヒューバートは、まず未来哉の新しい芝居を褒めた。スタッフから定期的に動画が送られているという。あまりにも意図から外れた演技をしている場合に、ストップをかけるためである。しかし君にももう一人のオネーギンにも、問題があるようには思えない。とてもいいと。

　未来哉は誉め言葉を受け取りつつ、気になっていたことを尋ねた。

　どうしてオネーギンはタチヤーナにすがったのだろう、自分だったらあんなことはしない、どう解釈したらいいのかわからないと告げると、ヒューバートは笑った。

『それはね、実を言うと僕にも完全にはわからないんだ。何しろこの話の作者はプーシキンで、彼はもう百年以上前に死んじゃっているからね！』

　当然すぎる話だった。肩を落としそうになった未来哉に、ヒューバートは言葉を続けた。

『でもそれは、彼が百年以上生き続けていることの証明でもある。完全に行動パターンがわかってしまう人間なんて、もうロボットみたいなものだ。同じ台本を演じているのに、何が起こるかわからないところが、古典作品を上演、再解釈する面白みでもある』

　それは理解しようとする必要がないということか、と未来哉が尋ねると、ヒューバートは、その質問の答えはイエスでもありノーでもあると告げた。

『君が彼をどう解釈するのかと、お客さんが君のオネーギンをどう解釈するのかの間には、かなりのへだたりがあるものだ。だから仮に、君が完全にオネーギンの行動原理を理解していると思っても、お客さんには伝わらないかもしれない。その逆もありうる。ともあれスケジュールがやってきたら自動的に幕は上がる。もし解釈が間に合わなかったとしても、その時には堂々としていたまえよ。そういうことも役者にはとても大事なんだ』

わかりましたと未来哉は頷いた。結局のところ誰に相談したとしても、解釈の問題は自分自身の納得の問題で、ほいと答えを投げて寄越してもらえるようなものではないのだった。クソだった。

こいつもうちょっと使えるやつかと思ってたのに全然だめじゃん、という思いを滲ませないようにしつつ、未来哉は微笑み、ヒューバートに丁寧な礼を述べた。お忙しいところお時間を取ってくださってありがとうございました。ベストを尽くします。云々。

未来哉の挨拶を一通り聞いた後、ヒューバートは何故かにやりと笑い、告げた。

『君、友達や知り合いにこう言われたことはない？　性格が悪いね、って』

ぎょっとするような言葉だった。

未来哉がうろたえていると、ヒューバートは笑い、うんうんと頷いた。

『君の芝居を見ている時、いつもそう感じていたんだ。それは君のとても豊かなチャームポイントだ。そういうところをもっと生かしてみたらどうかな？』

未来哉が呆然としていると、絶妙なタイミングでカイトが戻ってきて、すいとラップトップを受け取っていった。そしてヒューバートに挨拶をする。サンキュー・

ヒュー。サンキュー・ベリーマッチ。グッバーイ。冗談のような発音の挨拶の後、回線は切れた。

　カイトはＰＣ画面から視線を上げ、未来哉を見た。

「どうだった」

「………………最ッ悪。何あのオッサン。根性悪すぎ！　君は性格が悪いから！　悪いところをオネーギンに生かせって！　あったまおかしいんじゃないの！」

「それは非常に的確なアドバイスだな」

「納得してんじゃねーよ！」

　未来哉はカイトに投げる何か手近なものを探したが、特に何も見つからなかったので、壁に向かって体を丸めた。そのままの姿勢で口を開いた。

「大体無理な話なんだよ。オネーギン、やればやるほど自分と役の境目がわからなくなって、頭がぐちゃぐちゃになってく。二藤勝はおかしいでしょ。この前まで野武士やってたのに、今ロシアの貴族だよ。頭の中に脳みそが二つか三つあるんじゃないの」

「そんなことを言っていても始まらないだろう。やれ。やるしか……」

「怖いんだよ！」

　未来哉は壁から振り向き、涙目で思いを吐き出した。

気おされた様子のカイトに、未来哉は言葉を続けた。

「『性格の悪さを生かせ』とかいうけど、ぼくはそういうのは舞台には持ち込まないようにしてるの。みんな王子さまキャラがうぜーだりーなんて言ってるの見たくないでしょ？　幻滅するだけじゃん」

でもと未来哉は零した。思いのほかウェットな声でうんざりしたが、止まらなかった。

「……このままだと出しちゃいけないところまで出てきそうな気がする。うぜーだりーレベルじゃないものが。ぼくの一番……自分でも見たくないところが。それがすごく怖い」

カイトは黙って未来哉の言葉を聞いていた。こんなことを稽古場で吐き出すことにならなくてよかったと、未来哉は心から安堵し、次に安堵している自分に驚いた。カイトもついこの間会ったばかりの他人である。他人の前に自分の真実の姿を晒すことは、どこか吸血鬼が昼の世界に踏み込もうとするのに似ていた。晴れた世界に踏み出した瞬間、光に焼かれて黒焦げになる。

自分自身の変化に戸惑う未来哉の前で、演出家はゆっくりと口を開き、低い声で告げた。

「これから僕は、演出担当者にあるまじきことを言うぞ」

「…………何」

「出すべきではないと思うものがあるなら、出すな。それは君を守る大事な防壁かもしれない。そういうものを何の準備もなく破っても、中身がドロドロと溢れてしまうだけだ。僕が本当にいい演出家であれば『殻を破ったところにしか成長はない』とでも言うかもしれない。だが高校生の時の自分を顧みれば、そんなのは嘘っぱちだとわかる。がむしゃらに成長を欲してもいきなり背は伸びない。ただ自分の足元の地面を見て、手が届く範囲の星を着実に摑んでゆくしかないんだ。大ジャンプをしても着地ができなければ意味がない」

「…………それじゃあオネーギンが摑めないまま本番が始まりそうだけど」

「それもそれで仕方がないことだろう。だが幕が上がった後も君は成長してゆく。それを楽しめ」

「やっぱり海山先生みたいなこと言う」

「正直そんな風に言われてもあまり嬉しくない」

「偏屈なとこも似てる」

　未来哉は言いつのり、カイトが顔をしかめると笑った。嫌がらせをするのは愉快だった。

　その後、体力の許す範囲で当日の稽古の内容をさらい、そろそろ寝ようというムードになった時、未来哉は不意に思い出した。

「そうだ。この稽古場に来る前の話だけど、あんたが海山塾のワークショップに参加していた時に書いたっていう脚本、何本か読ませてもらったよ」

「…………！」

カイトは驚いたようだった。いつも血の気に乏しい白い頬が、かーっと赤くなってゆく。未来哉は怪訝な顔をした。

「照れるようなこと？　あの時からめっちゃ巧かったじゃん。でも若竹賞を取った『門(ゲート)』とは全然タッチが違ったね。何であんな方向転換をしたの？　ぼくとしてはワークショップの時の作品の方が」

「今日はもう引き上げる。君もよく眠れ。明日も稽古はハードだぞ。体に気をつけてな」

「え、えっ？　ちょっと」

それだけ言うなり、鏡谷カイトは身を翻して去っていった。限界まで尿意を我慢していた人間がトイレに駆け込むような俊敏さだった。

ぽかんとしたまま、未来哉は呟いた。

「……変とは思ってたけど、ますます変なやつ」

寝間着に着替え、未来哉は煎餅布団に一枚、快眠マットという最近買った寝具を載せ、はたき、そっと体を横たえた。疲れた体を布団は優しく包みこんでくれて、未来哉はそれが苛立たしかった。眠ると明日が来てしまう。

どうあがいても一か月後には『オネーギン』の本番が始まり、千秋楽には未来哉と二藤勝、二人の実力の差が白日の下に晒されるのだった。

第三幕

BOKUTACHI NO
MAKU GA
AGARU

池袋芸術祭は、設営段階からの様子を、逐一ＳＮＳにアップしていた。

既に池袋に存在するハコを利用するＡからＥステージの他にも、公園やテナント、ビルの中二階のようなスペースを利用した『極小劇場』が作られる。足場を作成し、鉄骨を組み上げ、客席を作る様子は、勇壮なクラシック音楽つきで、五倍速ほどの動画に加工されアップされた。ＳＮＳでは感想がシェアされている。


『盛り上がっていいね。単純作業風景とラヴェルのボレロって何故か合う』

『全日程通し券、みんな買えた？　俺は買った。その後家族に浪費を土下座で謝罪』

『一枚五万五千円でしょ、自分には無理。一日券の四千円で頑張ります』

『ところでおネギはぶっちゃけどう？　神楽いぶのファン層は離れたみたいだけど』

『オネーギン、トラブルがあったにしては健闘してると思う。Ａ、Ｓはともかく安い席はほぼ出払ってる。しかし二藤勝がオネーギンって想像できんな』

『やっぱ大本命は未来哉殿下。おドイツからやってきたビューティホーな黒船』

『でもなんか最近殿下まわりは不穏……自称海○塾の関係者のアレで……』

『なにそれ詳しく』
『某掲示板で尻軽とかクズとか好き放題書かれてる。一応URL貼っとく』
『どいつもこいつも暇だねー』

二藤勝はぼんやりと、SNSで公開されているやりとりを眺めていた。自称海山塾の関係者という誰かの誹謗中傷掲示板のリンクも貼られていたが、見に行こうと思わなかった。見ようと思えば幾らでも根も葉もない噂を採取できてしまう世界である。未来哉も見ていないことを祈った。

竹が体を壊していなくなり、カイトと未来哉がいつの間にか打ち解けたころから、稽古場の雰囲気は目に見えてよくなっていった。「ものぐさな王子さまキャラ」として、今の未来哉はキャストのみならずスタッフたちにも可愛がられている。

そして未来哉は、はじめから完璧に見えた芝居を徐々に変え始めていた。どちらかというと成熟後のオネーギンに重きを置く重厚な芝居だったものが、未来哉の年齢相応の、若々しいオネーギンに主眼を置いたものになりつつある。薄暮の空が美しいグラデーションを描きながら、いつの間にか燃えるオレンジ色に変化しているように、未来哉の芝居はシームレスに、大胆に変化していった。恐ろしくなるほどの才気のほとばしりだった。

だが今は勝も、振り回されてばかりの自分を捨てていた。未来哉がどれほど素晴らしい芝居をしようと、それは自分の芝居とは何の関係もない。二藤勝のオネーギンを、劇場の座席に身を沈めている人たちに楽しんでもらうために、力を振り絞るだけだった。

いぶの降板後、天王寺が新しいCMのロケでバリへ向かうタイミングで、勝と天王寺の演劇同居生活は終わった。二人は深夜営業の店に牛丼を食べに行った。

「挑むことは楽しいことだ。力いっぱい楽しんじゃいな！」

そう言い残して、天王寺は品川駅から京急電鉄に乗り、マネージャーと共にデンパサール行きの飛行機に乗り込んでいった。

公演直前になり、雑誌のインタビューなども入り、『百夜之夢』でなじみになった編集者たちと顔を合わせるたび、勝は小さく驚かれるようになった。太極拳とかお始めになったんですか？　動き方が変わりましたね。何だか雰囲気が違います。変わり種としては「恋でもしたんですか？」というものもあり、さすがにそれは笑って否定した。

とはいえある意味、勝は恋をしているようなものだった。

オネーギンという虚無に飲まれた男に、その人生に、自分自身をまるごと飲み込ませ、また飲み込み返す。その行為はどこか、若いタチヤーナがオネーギンに向けた初恋のような、全てを投げ出そうとする情熱に満ちていた。もちろん実るかどうかはわからない。判断するのは観客である。それを楽しんでもらえることを勝は祈るばかりだった。

ゲネプロの日、勝は初めて本番で使われるオネーギンの衣装に袖を通した。白いネッカチーフの他はほぼ黒一色である。体にひたりとはりつくようなタイトな衣装は、十九世紀のロシアの紳士然としていながら現代的な機能美も兼ね備えていた。タチヤーナは初登場時が薄桃色のドレス、公爵夫人になった後は苔むした庭のような緑色のドレスだった。レンスキーは茶色を基調とした上下で、オリガは抜けるような空色のドレスである。

背景は書割から小道具まで、イギリスのプロダクションから借り受けた逸物だらけだった。庭に置かれた揺り椅子二つ。レース編みのかかった丸テーブル。お茶のセット。全てアンティークである。舞台の下手半分を埋め尽くすように聳え立つ断面図の『ラーリン家』、タチヤーナの実家は、内部で演技をすることもあるため実物大で、部屋の壁には風景絵画が飾られていた。

「こ、これは……一か所でも壊したら大変なことに……！」

「大丈夫よ。そういう時のためにみんな保険に入ってるんだから」

若い時のタチヤーナ姿の檜山が、勝を見つめてからからと笑った。劇場スタッフとオネーギンのスタッフとが打ち合わせをしながら機材チェックをしているため、脈絡のない音楽がかかったり、せわしなく照明が動いたりするのはいつもの通りである。

オリガはエキストラの『村人』と一緒に手を取り、円を描いて踊るシーンを練習していた。時代がかった着なれない服を、まるでいつも着ている服のようにさばかなければならない以上、できるだけ動き方の練習をしたいと思うのは当然だった。膝近くまである乗馬ブーツを履き、舞台の上をオネーギンらしい速足でせかせかと歩いていると、勝は奇妙な人影に気づいた。

緞帳（どんちょう）の上げ下げをするスイッチ類と消火器がかたまったスペースで、未来哉が一人、呆然とスマホを見ている。嫌な予感を覚え、勝は足早に近づいた。

「未来哉くん、どうしたの。何見てたの」

未来哉は振り向き、勝にどこか嘲笑うような表情を向けた。だが何も言わず、スマホをスタッフ机の上に放り出すと舞台に歩み出してゆく。無視だった。

生まれた時から着ていた服、履いていた靴としか思えない所作で、ゆうゆうと舞台を歩く未来哉のスマホが、舞台袖の暗闇の中でぶるりと震え、光った。当然ロックがかかっていたが通知は見える。『新たな書き込みがありました』という吹き出しと、『書き込み』。

『未来哉　辞めろ　気持ち悪い　見たくない』

勝はぞっとし、即座にスマホの画面を机に伏せた。そしてゆうゆうと歩く演技を続ける未来哉に小走りに近づき、同じシーンの演技の練習をするように、寄り添って歩いた。

「やあオネーギン」

「こんにちは、オネーギン先輩。どうしたんですか」

「………未来哉くんのスマホの通知を見ちゃった。ごめん」

ああいうのは見ない方がいいと思う、と勝が告げると、未来哉はあははと軽やかに笑った。夢の世界の砂糖菓子の城からやってきた王子さまのような、無垢で無邪気な声だった。

「見たんですか？　ご愁傷さまでした。あんなドブの側溝みたいなところを」

「じゃあ未来哉くんは、何で」

「何でも何も、あの掲示板を立ててるの、ぼくなので。自演です」

「は、はあっ……？」

うふふ、と未来哉は笑った。そして勝にしなだれかかるように体をよじった。

「ああいうことをしそうな人にアテがあったので、だったら先に自分でやっちゃおうかなと。アンチのふりをするのっていいですよ。自分で出したい以上の情報は出さないってわかっていますから、本当のアンチに好き勝手やらせておくよりいいし」

「……何で、そんなこと……」

「気晴らしになるんです。ぼく自分のこと大っ嫌いなので。嫌いなやつの悪口書き込むのってスッとしません？」

「俺は……未来哉くんがすごく好きだよ。尊敬もしてる。危ないんじゃないかな。自分で自分を痛めつけるような真似をするのは」

「ほどほどに痛めつけてるだけです。あくまでほどほどに」

解せなかった。ほどほどだろうがそうでなかろうが、自分で自分を痛めつけることが、役作りに必要になるとは思えなかった。苦行僧の役でもするならまだしも、どちらかというとオネーギンは、勝の解釈では自分で自分をスポイルしすぎた挙句破滅するタイプである。のんびりさくらんぼの砂糖漬けでも食べていればいい気がした。

どうやってそれを伝えようと思っているうち、未来哉はふうっと、宇宙ほど遠くを眺めるような目をして、呟いた。

「もう少し」

「……え？」

「もう少しで何か摑めそうだから」

「摑めそうって、何が」

未来哉は何も言わず、中空を見つめ続けるばかりだった。

天使のような微笑の中に、勝は得体の知れない汚泥を見た気がした。黒く輝く泥だった。


十月。舞台『オネーギン』初日。

淡々と当日がやってきてしまったことに勝は驚いた。開場前には行列ができ、物販スペースではパンフレットや限定グッズが売られ、ファン同士が待ち時間に会話をかわして仲良くなる。熱気は楽屋まで伝わってきた。

初日のオネーギンは二藤勝。タチヤーナは檜山菜々。

未来哉でなくていいのかと、土壇場までプロモーターは不安がったそうだったが、カイトが「最初は勝がいい」と押し通したそうだった。あくまで雇われ演出であるカイトには、できることにも限りがあるはずだったが、それでも主張が通ったのは、主張に理があると判断されてのことらしい。困惑する勝に、カイトはそうとりなした。

「今更だけど、本当にいいんだな。未来哉くんじゃなくて俺で」

「無論だ。これはひいきなどではなく戦略だ。余計なことを考えず舞台に上がれ」

わかったと勝は頷いた。そして尋ねた。

「……最近、未来哉くん、ちょっと調子がおかしいよな？　大丈夫かな」

「『おかしい』？　ああ、あれは大丈夫だ。むしろ絶好調と言ってもいい」

勝がきょとんとすると、カイトは腕を組み、どこか未来哉風に微笑んだ。

「南未来哉は、怪物だ。僕が育てたのは怪物の卵だった」

「……怪物の卵？」

「まだ生まれてはいない。だが確かに内側からコツコツと殻を叩く音が聞こえる。もうすぐ無事に生まれてくる。だがそれは今ではない。未来哉にはできる限り時間をやりたかった」

「ちょ、ちょぉっとよくわからないんだけど」

「気にするな。君にもじきわかる。それより今は集中しろ」

戸惑いつつもわかったと請け合い、勝は楽屋入りした。

隣は檜山菜々の楽屋である。声をかけても大丈夫なタイプなのだろうかと思ってまごまごしているうち、片目にだけつけ睫毛を装着した檜山がぴょんと飛び出した。

「おっはよーう、まさちゃん！　今日から楽しみましょうね！」

いつでもハキハキと明るい檜山は、夏に咲く赤いカンナの花のような存在だった。そこにいるだけで活気が生まれ、背筋が伸びる。励まされつつ、勝は自分自身の支度を整えた。トイレを済ませ、衣装に着替え、担当者に手伝ってもらいながらメイク、最後にかつらを装着。オネーギンは黒髪の青年なので、勝は茶味がかった地毛を黒に染めていた。プラスして襟足に尻尾のような付け毛と、それを束ねる黒いリボンがつく。

「原作が好きな人、驚かないかなあ。オネーギンもレンスキーも、原作ではどっちも黒髪なんですよね。でもローリンソンの芸術案だとレンスキーは金髪だから」

「大丈夫です。会場にいる人の九十九パーセントは、原作を熟読してません」

勝は笑い、最後に大きな声で感謝を述べてから、かつら担当のスタッフと別れた。

池袋芸術劇場の楽屋は広い。持ち込んだのれんの他はがらんとした個室に、勝は一人立ちつくした。

鏡に映っている男は、十九世紀のロシアの貴族の姿をしていた。勝はオネーギンの顔をして、鏡に向かって慇懃（いんぎん）に一礼して見せた。それはどこか自分であって自分でないものに向けた祈り、あるいは手打ちの儀式に似ていた。

「……頼むよオネーギン。俺も頑張るから、お前も頑張れ」

オネーギンは何も言わなかった。いつの間にか勝の中に存在するようになったオネーギンは無口な男で、こまごまとした文句と不平以外はほとんど何も言わなかった。

勝はオネーギンのそういうところが好きで、同じくらい悲しかった。

勝は椅子に腰かけ、もふもふしたスリッパを乗馬ブーツに履き替えた。『二藤勝』という服を、きれいさっぱり楽屋に脱ぎ捨て、残るのは『オネーギン』だけである。

「…………」

おじさんは、から始まる台詞を頭の中で準備しながら、勝は舞台へと向かった。すれ違うスタッフたちに黙礼する時、『勝』の意識はどこか遠くへ飛び去っていた。

舞台の上では、美しいロシアの田舎の風景と、タチヤーナたちの暮らすラーリン家とが、青年貴族を待っていた。

『オネーギン初日　感想待機』

『観た。すごかった。役者衣装照明全般的にヨシ！　あとセットも高そう』

『脚本がすごかった。泣きすぎてやばい。リピーターチケもかなり売れてた』

『いいねえーこういう劇場の空気が漂ってくる感想大好き』

『檜山と二藤はハズレって言ってた人、安心して！　いい意味で予想を裏切られた！』

『タチヤーナの変貌がいい。イモ娘から大化けする系の話はけっこうあるけど、イモパートにわざとらしさがあると好きになれなくて……。でもこの芝居はよかった』

『なんで二藤勝のボディコントロールについてこれまで誰も話してないの？？？　神だったじゃん？？？　信じられないんですけど？？？』

『二藤くんこれからもいろんな役ができそうだし、いろんなところで仕事ができそう。よかったね……よかったね……。古参ファンはお布施にS席を追加で買いました』

『檜山二藤ペア、気になる人はチケット買えるうちに買っといたほうがいい』

『しかしこれは殿下もプレッシャーなのでは。文字通り一騎打ちよ』

『ドイツの黒船の実力、とくと拝見しましょう』


池袋芸術劇場にほど近い、ビルとビルの狭間にある小さな公園のようなスペース。

フランス文学に登場する夢遊病者のような、おぼつかない足取りで、男がひとり歩いていた。酒ではなく、他の何かに酔っているような歩き方だった。

十月にしては薄着の人影に、背後からカイトは声をかけた。

「未来哉」

「…………あ。いたの？」

振り向いた未来哉は、胸まではだけた白いシャツに、部屋用の黒いジャージのパンツ姿だった。未来哉の暮らすアパートから池袋までは、電車を一度乗り換えて三十分た。以上かかる。異様な行動だった。カイトは極力、いつもと同じトーンの声で話しかけた。

「早く帰って寝た方がいい。明日の劇場入りは七時だぞ」

「……そうだっけ。今何時？」

「十一時だ」

行くぞとカイトが腕を引くと、未来哉は素直に従ったが、途中で手をはらい、そっぽを向いた。連れ帰られるのをふざけて嫌がる猫のような仕草に、カイトは呆れた。

「おい」

「何でぼくがここだってわかったの？」

「わからなかったから、アパートと劇場の周辺をしらみつぶしにした。足が痛い。時間に余裕さえあれば一時間でも説教をしてやるところだ」

「他の誰かに相談しようとか思わなかったの？」

「もう三十分捜して見つからなかったら、関係各所に相談するつもりだった」

「……ふうん……」

未来哉は思い出したようにシャツのボタンをはめ、かかとを踏んづけていた靴を履き直した。カイトはもう急かす気も起こらず、無言で腕組みをして待った。未来哉は笑いながら身支度を整え、無駄にあちこちの壁や地面を触っていた。そしてだしぬけに喋った。

「カイトはクマとか、テディベアとか好き？」

「は？」

「好き？　それとも嫌い？」

「……本当のことを言っていいか。嫌いだ。僕の名前をつけたクマのぬいぐるみを、高校の同級生たちが工具でめった刺しにして、埋めて、勝手に葬式を挙げていた」

「それ、クマ自体は無実じゃん。とばっちりだよ」

「確かにクマは悪くはないが、僕の気分は悪い」

「ふうん。じゃあやめとく」

　カイトは怪訝な顔をしたが、未来哉は笑うだけだった。

「あんたにならあげてもいいかなと思っただけ」

「不要品を押し付けられるのは迷惑だ。自分で処分しろ」

「あははは」

　白い蝶が舞うように一回転した未来哉は、夢見るような口調で呟いた。

「人の不幸って、何であんなに面白いんだろう。人は人を愛せるけど、同じように人を壊せる。壊れるところを見るのは楽しいし、気持ちいいから」

「……何の台詞だ？」

「ひとりごと。帰ろ。明日の楽屋入り、一時間勘違いしてた。さっさとシャワー浴びて寝る」

「最低五分は入浴しろ。自律神経を整えるのにぴったりだ」

未来哉はけらけらと笑った。呆れ顔のカイトはタクシーを呼び、未来哉を後部座席に放り込むと、自分もその隣に腰掛け、アパートの住所を告げた。

明くる日。

オネーギン二日目。未来哉と宍戸にとっての初日。

緊張し通しの宍戸を無視して、未来哉は自分の演技プランを考えていた。

何をすればいいのかはわかった。だがそれをどう出してゆけばいいのかわからない。コース料理を出す順番を教えられず、たくさんの皿を抱えたままどうしたらいいのか途方に暮れているシェフになったような気分だった。未来哉はそれが少し愉快だった。

「……まあ、何とかなるか」

何とかならなかったとしても、それはそれで、と。

カイトには言えない本音を小さく呟き、未来哉は鳩のように喉を鳴らして笑った。

人という字を無限に手の平に書いてのみこんでいる宍戸は、それを見て羨ましそうな顔をした。

『オネーギン二日目　マチネ　宍戸・南組初日。終演！　感想待機』

『本音で言っていい？　思ってたより普通』

『若いタチヤーナとオネーギンだと思った。檜山二藤ペアを観たせいだと思うけど』

『殿下は？』

『殿下は殿下。それ以上でも以下でもなかった。初日の感想だけど』

『世界に絶望して軽薄を演じてる紳士が二藤勝なら、若さに振り回されて自暴自棄になってるのが殿下って感じ。演技の粗さは振り回されてるがゆえにって思えばまあ』

『やはりドイツと日本だとお客の好みが違うもんかねえ』

『顔がいい。七十年代少女漫画のキャラが飛び出してきた感じ。あの顔を見るだけでもチケットを買う価値がある。顔なんざどうでもいいって人間にはチトつらいが』

『正直どうしてあれがベルリンで賞を取ったのかわからない。アジア人枠とか？』

『こんにちは。初めて書き込みます。二か月前までドイツ在住でした。オネーギンはベルリンでも観て東京でも今日観ました。南未来哉は演技プラン全部変えてきてるよ。自分的には日本版の方が好み』

『何それ』

『どういうこと』

『ベルリンの時とは違うオネーギンにしようとしてる。推測だけど、鏡谷カイトが何か言ったんじゃないかな。言い忘れたけどローリンソンのオネーギンを観るのは四回目で、最初の二回はロンドンで観てます。サー・コリンの演技が最高でした。そのあとベルリンで観て、ちょっと苦笑したけどまあいいかなって思って、今日の東京に来て、かなりびっくりしました。南未来哉はいい俳優だと思う。少なくとも超のつく誠実な人だと思った』

『よくわかんないけど今後の大化けに期待。まあ化けてくれるならの話ではある』

『それより檜山タチヤーナと二藤オネーギンの話をしようよ』


オネーギンの開幕から一週間。空席は目立つほどではないものの、神楽いぶのファンクラブでさばける目算だったものがだぶついているそうで、スタッフは売り方に苦慮(くりょ)していた。特に問題なのは宍戸の日で、もっと言うなら宍戸・南の日だった。口コミでよく売れている檜山・二藤の日程とは対照的に、未来哉の日程が思ったほど伸びていないのだった。

遠慮や配慮という言葉を知らないとおぼしきマネージャーは「未来哉さんのせいで売れてないです」と言って笑い、ああそうと未来哉は請け合った。チケットの売れ行きなどうでもよかった。今はそんなことを気にしている場合ではなかった。胸の内側に渦巻く星雲のような激情をどう放出するか。頭にあるのはそれだけだった。

だが悩み苦しむターンもそろそろ終わることを未来哉は確信していた。寝ても覚めても同じことを考え続けて、もう何年も経ったような気がしていた。エドモン・ダンテスが執念の力でイフ城の牢から抜け出したように、そろそろ未来哉も脱出して然るべき頃合いである。

「ミッキー。ミッキー大丈夫？　そろそろ本番よ」

はっとした未来哉は顔を上げた。その時に自分が座っていたことを思い出した。前のめりに楽屋近くのソファにかけた未来哉を、衣装を着けた檜山が覗き込んでいた。

「……タチヤーナ」

心配顔をしていた薄桃色のドレスの女性は、瞬時に純真無垢な笑みを浮かべた。

「オネーギンさま、そろそろお母さまがお茶の支度をなさる時間です。一緒にいかが？」

「よろしい。お連れしましょう」

ソワレのタチヤーナ、檜山菜々は未来哉のギアに合わせてくれた。ほんとに気持ち悪いくらい動じないなと思いながら、未来哉がそっと腕を差し出すと、檜山タチヤーナは小鳥のように腕に摑まり、エスコートされるまま歩いた。

「オネーギンさま、あなたは不思議な人ね」

「私は平凡な人間です。サンクトペテルブルグには掃いて捨てるほどいる」

「でも今日のあなたはいつもと違う空気だわ。何を隠していらっしゃるの？」

「隠すほどのものなど、私のどこを探してもありはしませんよ、お嬢さん」

「だったらいいのだけれど、きっとそれは嘘ね」

檜山タチヤーナは、純真さの後ろに大樹のような力強さをにじませながら微笑んだ。

その瞬間、未来哉は理解した。

目の前の女性に『来て』と言われた気がした。

何をしてもいいと。何でも受け止めると。

卵の殻に巨大な罅の入る音を、未来哉の耳は聞いた気がした。何かが生まれた確信があった。だがそれが何なのかは、舞台の上でなければ確かめられない。

檜山タチヤーナはどこか苦笑するような顔をした後、ドレスの左右の裾をつまんで、ちんとお辞儀をしてみせた。未来哉も胸に手を当てて一礼し、赤い幕で区切られた上手の、一番客席側に移動した。どことも知れないどこかに向けて、未来哉は嘲笑った。

「……さあ、遊んであげようか」

独言は、黒服の男の中に吸い込まれるように消えていった。

『オネーギン十公演目　ソワレ　檜山・殿下ペア』
『何で今日に限って誰も感想書き込みに来ないの？　サーバー落ちてる？』
『土曜日なのに静かすぎて怖い』
『……観たか』
『……観た』
『でももう一回観ないと確信が持てない』
『どうしたの？』
『話したいけど話せない。とにかく観ろとしか言えない』
『殿下のオネーギンは、人によっては最低で、人によっては最高』
『今なら言える。ベルリン市民、お前らの見る目は確かだ』
『どういうこと。これまでの殿下の演技とは違う何かが起こったってことでＯＫ？』
『ほぼ全日程通っているけど今日から別物だと思った方がいい』
『最低で最高、わかる』
『誰でもいいから具体的に何があったのか話して！　生殺しなんだけど！』

『今はちょっと言えないんだ。ごめん。ごめんな』

『言葉にすると恥ずかしいからね』


そのあたりまで掲示板を読んだところで、勝はブルーライトカットの眼鏡を外し電話をかけた。出るどころではないだろうと思っての連絡だったが、運よく一度で繋がった。


『もしもし。どうした。トラブルか』

「おつかれカイト。いや、そういうのじゃないんだけど……」

『急ぎか』

「ってわけでもない」

『なら切るぞ。僕は忙しい』

「待ってくれ！」

未来哉くんのこと、と勝は尋ねた。

「今日……何かあった？　前に言ってたことと関係あるのか？　卵がなんとか……」

『あるといえばあるだろうし、ないといえばないかもしれない。本人に聞いてみないことにはわからないが、今夜はまだ彼と会話していない』

「『今夜は』？」

『言葉のあやだ。ともかく君が気にすることではない』

それにな、とカイトは付け加えた。

『舞台で起こっていることを確かめられるのは、その日のチケットを買った人間だけだ。確かめてみるといい』

じゃあなと言い残して、今度こそ回線は切れた。


全ての公演に準備されているわけではないものの、劇場のS席には『関係者席』と呼ばれるゾーンが存在した。スポンサー企業の人間や芸能人などが周囲に煩わされずに座ることができるリザーブ席である。サングラスと帽子とマスクをかけた勝は、仄暗くなった劇場の関係者席に体を滑り込ませた。

ほぼ一か月、通しで行われる『オネーギン』の公演は、既に四分の一が終わっていた。熱心なファンは既に観劇していることも多い。

だがその日の夜公演、檜山・南の十一回目の公演前には、異様な熱気が漲っていた。

自分たちはこれから何かすごいものを見るのだと、赤い座席に腰掛けた人々が全員感受性のスイッチを全開にしているような熱気。勝もその中に入り込んだことで、否応なく期待が高まった。

ブザーが鳴らされ、劇場スタッフによる観劇マナーのアナウンスが始まる。お座席から身を乗り出してのご鑑賞はご遠慮ください。スマートフォンなどでの撮影行為はおやめくださいませ。お声をかけさせていただくことがございます。緊張感を高めてゆく呪文のようだった。

非常灯が消灯され、劇場内に完全な静寂が満ちる。

幕が上がると、そこは一八二〇年代初頭のロシアだった。

「おじさんは本当に律儀な方ですよ。死んでからも義理を尽くすなんてまあ」

ひとりごちながら舞台に歩み出てきたオネーギンは、少なくとも第一声の面では、今まで勝が稽古場で観測していたオネーギンと大差なかった。だが小川レンスキーが入ってきて、二人が状況説明を兼ねた台詞を交わし始めた時、勝は奇妙なことに気づいた。

未来哉が時々、楽しそうに微笑むのである。

脈絡なく微笑むのではなく、レンスキーが自身の愛するドイツの詩や、婚約者オリガの美しさを褒めたたえる時に、未来哉は深い笑みを浮かべた。レンスキーの笑みとは真逆の、美しいだけ胸がざわつくような笑みである。こんな笑顔を、勝は練習中に見たことがなかった。

二人が去った後、タチヤーナとオリガが遊び戯れる場面はいつも通りに流れた。その後レンスキーに伴われてオネーギンが再登場、タチヤーナに紹介を受ける。

「ご紹介にあずかりまして光栄です。タチヤーナでございます」

「母なる大地のようなお名前だ。どうぞよろしく」

この台詞の意味を、勝と未来哉は森から説明されていた。『タチヤーナ』はどちらかというと貴族より農民に多い、当時としては田舎くさい名前で、オネーギンは皮肉っているのだと。

この時もまた、未来哉は嬉しそうな笑みを浮かべていた。

そして手紙のシーン。タチヤーナが手紙を乳母に託す。その後のオネーギンの『返事』。未来哉はあくまでクールに演じていたはずだった。都会的なオネーギンにとって、恋文などそれほど珍しくもないものだったはずだからと。

だが今日のオネーギンは、表情豊かにタチヤーナと喋っていた。

まるで多感な少女の心に、誠心誠意寄り添おうとしているように。

面白いと勝が思ったのは、檜山タチヤーナの揺れ動く表現だった。未来哉の演技を受けて、『この人は私を軽蔑している』という心と、『もしかしたらこの人は自分を愛してくれるかもしれない』という心の間で揺れ動く表情を見せている。当意即妙の技だった。

最終的にオネーギンは、筋書き通りタチヤーナを拒絶する。

振り回された挙句の辛辣な返事に、タチヤーナは立ち直れず、オリガがやってくるまで呆然としていた。オネーギンは礼儀正しく微笑みながら、レンスキーと去る。

この男は一体何を考えているのだろうということ以外、勝は何も考えられなくなった。

考えている間にも物語は進んでいった。タチヤーナの名前の祝いの日。優雅なダンスとレンスキーとのトラブル。やってくる決闘の日。

舞台装置は大きく転換する。ラーリン家や白樺の木が、上手と下手に引きずり込まれるようにスライドしてゆき、舞台上はどんよりと雲の立ち込める湿地に替わる。オネーギンの前にタチヤーナが立ちふさがり、どうかやめてとすがりつくが、オネーギンは一顧だにしない。

タチヤーナは去ることもできず、決闘を目撃することになる。

二人の男は立会人の下、互いに拳銃を携えた後、背中をつけ、そのまま二十歩歩く。そして今度は互いに向き直り、五歩ずつ歩み寄る。また五歩。拳銃は撃ちたい時に撃って構わないが、構造上一発しか発射できない。オネーギンは甘い微笑みを浮かべたまま、大股にレンスキーとの距離を詰めてゆき、撃った。何のためらいもなく。

消防庁に火薬の使用許可を取った火と煙の出る演出で、舞台の上には白い煙が一筋立ち上った。

レンスキーは倒れ――動かなくなった。タチヤーナは顔を覆い、崩れ落ちる。

途端にオネーギンは、落胆のため息を漏らした。

レンスキーの連れてきた立会人が、そっと彼の喉首に手を当て、首を左右に振る。

「どうしようもない。お亡くなりですよ」

未来哉オネーギンは動かなかった。死体になったレンスキーを、ぼうっと見下ろしていた。

台詞を忘れたのだろうかと思わせるギリギリの時間まで、ただ黙って立ち尽くしていた未来哉は、最後にふっと、ため息をついた。毒の微笑みは、ない。シンプルな絶望の顔というのでもない。ただ深く、『がっかり』していた。

あーあ、このおもちゃは壊れちゃったのか、とでもいうような。

その時、勝の体をぞっとするような解釈が駆け抜けた。

このオネーギンは、世界の全てをどうでもいいと思っている厭世家で、そこに稽古場と今とで大差はないが、最も大きな違いは絶望感の深さだった。自分自身すら完全に見限ってしまっている。オネーギン自身が、それに気づいている。

それでも彼がこの世界で生き続け、美しい微笑みを浮かべ続ける理由は――

そこまで考えたところで、舞台上のオネーギンが動いた。レンスキーの死体と、タチヤーナとに、くるりと背を向け去ってゆく。一幕が終わった。

勝は釘でうちつけられたように、劇場の椅子に腰かけたまま動けなかった。あそこにいるのって二藤勝？　という声が遠巻きに聞こえてきたが、それが自分の名前であることとも思い出せなかった。ただ赤い幕の後ろに自分の心臓が持っていかれてしまって、早くそれを返してもらうために、芝居の続きを見せてほしかった。

二十五分の休憩の後、二幕が始まった。

場面は件の決闘事件から十年近く――この時系列には矛盾が多く、プーシキンの描写だけを拾ってゆくと大変なことになってしまうため、ヒューバート・ローリンソンは『十年近く』という幅を持たせた表現にしたそうだった――が経過した、帝政ロシアの首都、サンクトペテルブルグである。うらぶれた風情のオネーギンが、風変わりな旅人として懐かしい都を訪れる。かつらには銀色の毛が混じり始めているが、顔立ちはあどけないままで、印象はアンバランスである。オネーギンはかつて自分を受け入れてくれた都が、全く違う場所になってしまったようだと詠嘆する。ウェットにもできる独白を、しかし未来哉は淡々と読んだ。

棒読みではなく、ただ、ただ、感情の色に乏しかった。

若いまま保存された死体を眺めるような気持ちで、勝は歩くオネーギンを見ていた。

しかし物語はドラマティックに進行してゆく。グレーミン公爵の舞踏会。美しく成長したタチヤーナ。田舎娘の変貌に狼狽するオネーギン。

驚きの芝居自体は、勝も見慣れたものだった。美しい顔が歪み、次に無になる。なるはずだったが、未来哉のオネーギンの顔は、その後再び変貌した。

浮かんできたのは——微笑みだった。

美味だが強い酒に酔ったように、ぐんにゃりと顔が歪む。

勝の背筋を悪寒が走った。三列前の座席の女性も、はっと手で口を覆ったようだった。

そこからオネーギンは夜の街に走り出てゆき、滞在している宿屋の中で手紙を書く。夢うつつの中に現れるレンスキーや若いタチヤーナなどの亡霊にいとおしげな、古いおもちゃを愛撫するような笑みを向けながら、一気呵成に書き上げる。勝はこのシーンを鬼気迫る表情で演じていたが、未来哉のオネーギンはまるで美酒に心地よく酔ったようだった。

その後、照明の転換で、舞台は即座にタチヤーナの部屋になる。手紙は既に手元に届いていた。原作ではその後何度もオネーギンは手紙を出し、そのたびタチヤーナに無視されていたが、この芝居ではその時間を大幅にカットし、手紙を書きあげてすぐ、オネーギンがタチヤーナの部屋を訪れるような形になっていた。オネーギンが手紙を書いてからの緊張感が消えず、即座に結果が訪れる仕組みである。

制止する使用人を押しのけるように、オネーギンはタチヤーナの部屋にやってきた。公爵夫人であるタチヤーナは、「昔の友達だから」ととりなし、使用人を下がらせる。

オネーギンは笑っていた。ただ、ただ、愉快そうに、笑っていた。何かを信じ切っているような、その反面世界の全てを冒瀆しているような、綺羅綺羅しい微笑みだった。

「お下がりください。私はもうかつての私ではないのです。何故今やってきたのです」

「どうかエフゲーニィと呼んでください、タチヤーナ」

「オネーギンさま、何故お越しになったのです」

「あなたは私を愛している」

「あなたが私を、あの時と変わらず愛してくれているから」

恋々とすがるオネーギンの台詞は、聞いているだけで辛くてたまらなくなる類のものだった。もうやり直せない時間を、もう一度やり直せるとただ一人信じている。

そういう感情のひりつく台詞だと、勝は思っていたが。

未来哉のオネーギンがタチヤーナに持ちかけているのは、何かの駆け引きのように見えた。表側では、オネーギンは確かにタチヤーナにすがっている。憐れみを乞い、大げさなほどの身振り手振りで言葉を尽くし、ノスタルジーを呼び起こそうと喋り続ける。

だがその裏側に何かがあった。

　オネーギンの言葉にほだされ、タチヤーナは泣き始める。それでもオネーギンは止まらない。あなたを愛している、昔からずっと愛していた、それなのに私の魂は素直になるということを知らなかったのだと、永遠に続く川のように連なるオネーギンの言葉を、タチヤーナは遮った。そしてオネーギンには背を向けたまま、ゆっくりと告げた。

「……今更隠して何になりましょう。私はあなたを愛しています」

　その瞬間、未来哉のオネーギンは微笑んだ。木の下で落ちてくるのを待ち構えていた果実が、ようやく風に揺られてぽとりと落ちてくるというように、その手易さを嘲笑うように。

　タチヤーナが振り向いた時には、その微笑みは影も形もなく、オネーギンは教会の前で頭を垂れる貧者(ひんじゃ)のように、神妙に跪いているだけだった。

　勝がごくりとつばを飲み込んだ時、タチヤーナは口を開いた。

「でも、エフゲーニィ。遅すぎました。全部遅すぎたのよ」

「そ………そんなことはありません。あなたはまだ私を愛してくれていると」

「お帰りください。これ以上申し上げることはございません」

　未来哉のオネーギンはようやく取り乱し始めた。こんなはずじゃない、こんな風に終わるはずじゃないと、外れるはずのない予測が外れたことに狼狽えているようだった。これからの自分の処遇を心配しているわけでも、タチヤーナの言葉に驚いているわけでもない。地球が反対に回り始めたことに気づいた物理学者のようだった。

ちょうどその時帰ってきたグレーミン公爵の橇の音が、舞台袖から聞こえてくる。信じられないという顔のオネーギンは、タチヤーナを見据えたまま数歩後ずさり、その後は脱兎のごとく駆け出していった。

タチヤーナは胸に当てた手をきつく握りしめ、踏みとどまった。檜山の口が音を出さずに動いていた。遅すぎた、遅すぎたのよ、と。

幕が下りてくる間、タチヤーナはずっと目を閉じていた。


「未来哉くん！　未来哉くん、いますかっ？」

「二藤先輩？　どうしたんですか」

「いや……っちょっと……俺、感動しちゃって！」

カーテンコールの直後。関係者特権で、勝は楽屋の前に立っていた。まだ化粧も落としておらず、首筋と額に汗をにじませている未来哉は、いつもと同じ美麗で胡乱な顔をしていた。

感極まって抱き着きたい気持ちを抑えに抑え、勝はタチヤーナのように踏みとどまった。

「今日のあれ！　何だったんだ！　あれ何だったんだ！　本当にあれって何⁉」

「ぼく、同じこと三回言わないと通じない相手だと思われてるんですか」

未来哉はつんとしながら、オネーギンのトレードマークである白いネッカチーフを外し、スタッフに預け、入れ替わりに渡されたタオルで汗をぬぐい、笑った。

嘲笑ではなく、どこかほっとしたような笑みだった。

「楽しんでもらえたみたいですね。じゃあ、よかった」

軽い調子で未来哉は告げたが、今まで勝が聞いたことのない声だった。

ああ本当に、この人間は芝居が好きで、好きで、たまらないのだと。

勝はその時確信し、嬉しくなった。自分と同じものに夢中になってしまった人間なのだと思うと、何だか一緒に肩でも組んで歌いたい気持ちになってしまった。未来哉は気持ち悪そうな顔をした。

「申し訳ありませんけど、ぼく感動してる人の顔、目の前で見るのきらいです」

「あっ、ご、ごめん」

「おつかれさま、ミッキー！　今日も楽しかったねー！　この前言い忘れてたから今言うけど、次にいろいろ変える時には前もって相談してね。私は人格者だから許すけど、宍戸ちゃんにやったらボディブローよ」

「あー。檜山さんが人格者でよかったー」

「ミッキー棒読み、棒読み。あっ、まさちゃんも来てたの？　おつかれ！」

ミッキー、という響きに呆然としつつ、勝は檜山を見送った。いろいろな意味で未来哉は変化しているようだった。勝にはその変化が嬉しかった。

勝は意を決し、少し声を潜め、尋ねた。

「未来哉くんの、オネーギンは……他人の不幸が……嬉しいんだよね」

「嬉しいんじゃないです。気持ちいいんです」

未来哉は淡々と告げた。勝は少し赤くなり、その後ぶんぶんと首を横に振った。演劇に携わっている人間の取るべきリアクションではなかった。未来哉は笑った。

「若い頃は放っておいても気持ちよくなれたけど、年を取るとそういう機会がなくなって、つまらないなと思ってたところでタチヤーナと再会する」

「オネーギンはタチヤーナを……蹂躙（じゅうりん）したかったのかな……？」

「さあ？　でもあそこで彼女がオネーギンに振り向いてくれたら、オネーギンはちょっとの間また愉しくて、その後は永遠に地獄だったでしょうね。また繰り返しになるから」

未来哉はどこか嬉しそうな顔をして、言葉を続けた。

「他人の不幸とか、失敗とか、後悔って気持ちいいんですよ。自分はそうじゃないって上から目線で楽しめるから。それにそういう気持ちってクセになるんです。ちょっとした悪口を見慣れると、過激な悪口が見たくなるのと同じ。麻薬中毒に似てますね」

勝の疑問に答えているような、そうでもないような、詩的な口ぶりだった。

人間の業を煮詰め、その一番暗くて汚いところを、形だけ美しく取り出してきた男は、ついさっきまで舞台を通して黒い塊を食べさせていた相手に、にこりと笑った。

「あなたのオネーギンは？」

「…………」

「二藤先輩のオネーギンは、これからどう変わっていくんですか？　楽しみだな。わくわくしてます。まだあと三週間もありますもんね」

あと三週間、お前はずっと同じことをするつもりかと。

明らかな挑発に、勝は瞳を大きく開き、笑った。

「……見守っててくれ。楽しませてあげられると思うよ」

「お手並み拝見しまーす」

ちょうどその時、すみませんそろそろ衣装のクリーニングをしたいのですが、とスタッフが割って入ってきたため、二人の会話は終わった。二人のやりとりにスタッフは明らかにびくついていたが、それでも自分の仕事に力を尽くす様子に、勝は嬉しくなった。未来哉も無言で服を脱ぎ、最後に小さくどうもと告げていた。

勝は劇場からの帰り道を、ずんずんと力を込め、一歩一歩踏みしめた。

池袋芸術祭の主演男優賞。それを賭けた戦いに、負けたくないと、勝は初めて思った。オネーギンのために人生の何分の一かの時間をかけている全てのスタッフのためにも、待ち受けている未来哉のためにも。未来哉がオネーギンにこめているのと同じくらいの熱量を、勝も役に注ぎ込みたかった。

「……『お手並み拝見』だ」

二藤勝、と自分の名前を呼び、勝は裏口から素早く劇場を後にした。

「……二藤勝、ガチで陽キャ……オエーッ。死ぬほど緊張した……」

そのころ舞台裏の未来哉は、壁に手をつき、ついさっき間近で受け止めてしまった太陽のような熱を、緊張感ともども逃がそうと喘いでいた。


二藤勝。南未来哉。

演劇愛好家のいるSNSで、この名前が躍らない日はなかった。演劇には興味がなかったけれどこの劇は楽しい、と言っている客層は勝に多く、演劇通は未来哉の妖艶で退廃的なオネーギンに魅力を見出す傾向にあった。

「これを利用しましょう！　バーサス感をもっと盛り上げましょう！」

　二週間が経過し、リピーターチケットの売り上げも落ち着いてきたころ、いきなりプロデューサーが二人同時に動画電話をかけてきた。未来哉はサウンドオンリーの画面だったが、画面には勝の困惑した顔が映ってしまった。

「それは……格闘技でいうところの『対戦決定記者会見』みたいな……？」

「あはは！　二藤さんはそういうのもお好きなんですね。別にメンチを切り合えなんて言ってませんよ。これは自分のアシスタントからの提案なんですが」

　オネーギンという物語のキーアイテム、手紙。これを利用するのはどうか、というのが、プロデューサーからの提案だった。それぞれのオネーギンが、相手のオネーギンに対する手紙を書き、『決闘宣言』をする。プロデューサーは笑った。

「面白いのはここからですよ。決闘宣言の下に、SNSの投票機能をつけておくんです。ボタンを押してもらうと、その人のメイン画面に『二藤勝を応援する』か『南未来哉を応援する』、どっちかのタグのついたメッセージが現れる。宣伝効果が見込めます！」

「……ふーん」

　未来哉は一応納得した素振りを見せつつ、でも自分はきついことしか言えないから心配だと、珍しく良識的なことを告げた。事前にチェックが入るから大丈夫ですよとプロデューサーは笑い、じゃあ別にいいです、と未来哉は呟いた。勝にも異論はなかった。

そして勝は、オネーギンの控室で、未来哉のために手紙を書いた。未来哉くん、君のオネーギンは素晴らしい、同じ舞台に立てて光栄だ、だからこれからも切磋琢磨しながら頑張ろうね。でも健康にだけは気を付けてね。今度一緒に飲みにいこう。

勝のメッセージは、ざっくりそれだけだった。

SNSでの公開は同時とのことだったが、先に公開されたのは勝のものだった。二分ほど空けて未来哉の手紙も公開されるという。勝はかたずをのんで待った。そして手紙は現れた。

『こんにちは。二藤先輩、いつもお世話になっています。先輩のクラシックなオネーギンがぼくはとても好きです。遊び心がなさすぎかも？　と思うこともありますが好きです。練習量もすごいですね。もう少し肩の力を抜いたらどうですか？　あと池袋芸術祭の主演男優賞はたぶんぼくが取ります。では失礼いたします。未来哉』

勝は笑いそうになった。

これは本当にチェックが入っているんですかと、今度プロデューサーに会ったら聞いてみようと思いつつ、もう一度メッセージを読んでいると。

三通目の手紙が現れた。

　勝は目をしばたたかせた。すさまじい悪筆で、それだけで書いた人間がわかった。カイトである。『解読』には時間がかかったものの、内容はこうだった。

『二人のオネーギンへ　こんにちは。鏡谷カイトです。いつもお世話になっております。単刀直入に申し上げますが、お二人のオネーギンはとても素晴らしい反面、発展途上でもあると思っています。残り二週間、それぞれのオネーギンを突き詰め、お客さまをさらなるスペクタクルの渦に巻き込んでください。　鏡谷』

　勝にはカイトの声が、稽古場での駄目だしと同じトーンで聞こえた。もっとやれ、お前ならやれる、と。叱られているのか激励されているのか判然としない声が、勝には嬉しかった。

　来週からはいよいよ、池袋芸術祭である。勝は尽くせる力の全てを振り絞りたかった。


　芸術祭は例年通り、スポンサー企業の面々のスピーチで始まった。勝はすぐ、今まで自分がこの祭りに参加してこなかったことを後悔した。どちらを見ても青色にピンクの字で『ブクロ祭り！』と書かれたのぼりが立ち、屋外に設置されたテレビ画面では海外の演劇作品が字幕つきで公開されている。本部と呼ばれている運動会のテントスペースのような場所では、当日の芝居のチケットをやや安い価格で販売していて、あたりを行きかう人たちは、当たり前のようにニッチな俳優の名前や舞台背景作家の名前を口にしては盛り上がっている。芝居好きの、芝居好きによる、芝居好きのための空間だった。

「ああー、俺も好きなだけうろうろしたいなあ！」

「やめろ。君はもはや二藤勝という『キャラクター』だ。もみくちゃにされる」

芸術祭初日。オネーギンのマチネ本番、三十分前。珍しく勝の楽屋を訪れたカイトは、微かに笑った。

「……嬉しいよ。『百夜之夢』が始まる前は、お前とこうして演劇の話ができるようになるとは思っていなかった」

「いや、テレビドラマには出てたけど」

「今ならお前もわかるだろう。ドラマの撮影と舞台とは似て非なるものだ。両方こなすマルチタレントも多いが、どちらにも別の才能と努力が必要になる。だから嬉しい」

カイトは唇をむにむにさせていた。仏頂面がデフォルトのカイトの、精一杯の微笑みだった。

勝も大きく微笑み返した。

「俺の台詞だよ。これからもよろしく」

「……そうであれるように、力は尽くす。だが」

そうそう長くは続かないかもしれないな、と。

不穏な独り言をつぶやいて、カイトは楽屋を去っていった。問い返す暇もなかった。

「二十分前でーす！　本番二十分前、二十分前でーす！」

タイムキーパーの女性が楽屋の前を通り抜けていった。もう二十分すれば幕が開いてしまう。十分前には舞台上の所定の位置に控えるために、今は精神を集中させるべき局面だった。

だが、勝にはまだ、一つ仕事が残っていた。

「『あなたのオネーギンは？』……煽ってくれるよな」

未来哉の言葉を胸に蘇らせ、勝は考えた。全く何もプランがないわけではない。だが成功する保証もない。しかし挑まなければ、自身の解釈をより深め、開花させた未来哉との勝負から逃げるようで、それは嫌だった。

「……うん。駄目元で相談してこよう」

勝は自分の楽屋を出て、檜山菜々のもとへと向かった。残り時間は十五分だった。

二幕。サンクトペテルブルグに帰還したオネーギン。

勝は自分が姿を現した時に、観客席の人々がはっと息を呑んだことに気づいた。舞台の上からは、観客が思っている以上に人々の表情がよく見えるものだった。

勝は体を震わせながら歩いていた。

生まれついての貴族のように振舞うために使っていた力を、今度は内側にこもらせ。努力して取り繕ってはいるものの、昔のような優雅な動きは取り戻せない男として。不自由な体に無理をさせるよう背筋を伸ばして、勝は白い街並みの中を動いた。タチヤーナの姿を認めた時にはよろよろと後ずさり、手紙を書くときには手を奇妙な角度に曲げながら書いた。手が痛いけれど台帳を付ける時にはこういう風にする、と鮮魚店を営む父親が言っていたのと同じように。

勝には誰かが涙を流す光が見えた。

部屋を訪れた時、タチヤーナははっとしたようだった。到底自分とは釣り合わない、手紙を読むことすら汚らわしいようなおちぶれた男が部屋に現れたのである。しかし威厳ある公爵夫人であるタチヤーナは、オネーギンを過去と同じように遇した。勝はその言葉にあわせて踊るように、過去の自分の姿を呼び覚ますように優雅な素振りを繰り返した。だがチューニングの合わない楽器のリピートのように、見苦しくみすぼらしいものにしかならない。タチヤーナもそれはわかっていた。わかってはいたが、そうは見せなかった。

「でも、エフゲーニィ。遅すぎました。全部遅すぎたのよ」

タチヤーナの言葉は、まるで子どもに言い聞かせるようだった。あるいは既に少しずつ子どもに戻り始めている、老人に言い聞かせるような。

オネーギンは鏡を突き付けられたように顔を覆い、よろよろしながら部屋を出てゆく。グレーミン公爵の橇の音が、勝には葬式馬車のように聞こえた。どうやって生きて行けばいいのかわからなかった。だが死んでしまうこともできない。人生は長いのである。

待ち構える黒い空洞のような日々から逃げるように、オネーギンは姿を消した。

幕が下りてくる。

倒れ込むように舞台袖に戻り、はあはあと息を整えていた勝の耳には、巨大な拍手の音が届いた。


「…………吐きそう。こっわ……」

関係者席で観ていた南未来哉は、二藤勝の二度目の変貌にギュッと眉根を寄せた。

一幕の貴族的な動きが優雅であればあるほど、二幕での落差は大きい。

二藤勝は自分で積み上げた巨大なレンガの家のてっぺんから、まっさかさまに飛び降りて、血を流すような芸をしていた。醜さという、未来哉にはどうあっても売り物にできないものを観客に差し出して。それもただの醜さではなく、取り繕われた優雅さの中にある、隠しきれない醜さである。

過去の栄光が美しければ美しいほど、見るに堪えない類のものだった。

「…………カイトの馬鹿。何が太陽だよ。あいつブラックホールじゃん」

未来哉はそれだけ吐き捨てて、万雷の拍手で溢れる劇場を足早に後にした。

「二藤先輩」

池袋芸術祭が折り返し地点に到達した頃。マチネの後に勝は呼び止められた。未来哉である。紅葉色のセットアップに身を包んだ青年は、秋の妖精のようだった。

「ちょっと一緒に出かけませんか。出かけたほうがいいかもって言われて」

「……誰から？」

「カイト」

勝は以前から気づいていたことに改めて肩を落とした。『鏡谷演出』であったはずが、今は『カイト』。しかし勝は今でも『二藤先輩』のままである。羨ましいなあと思っているうち、美青年は首を傾げた。

「お忙しいなら無理にとは言いませんけど」

「行く行く！　どこ行くの？」

「具体的にはよくわかりません」

「……？」

　そして未来哉は勝を連れ出し、池袋らしからぬ森に囲まれた公園を歩き回り、好物だというチュロスを一本ずつ買った。マスクを外して食べようとするので勝は慌てて止めた。

「もうちょっと人の少ないところで食べよう」

「何でですか。冷めちゃうんですけど」

「未来哉くんは……ほら、目立つから」

「ああ、ぼくの顔があまりに美しいから」

「そ、そう！　美しいから！」

　不思議と人のいないデパートの外二階スペースで、二人はもさもさとチュロスを食べた。未来哉は懐かしそうな顔をした。

「マドリードに遊びに行ったとき、揚げ立てのチュロスを食べたら、びっくりするくらいおいしかったんですよね。どろどろの濃いココアにつけて食べるんです。元気出ますよ」

「マドリードってスペイン？　すごいなあ、行ってみたいよ」

「憧れてるなら行っちゃえばいいのに。ぼくたちは世界のどこでも仕事できるでしょ。

カイトだってイギリスに留学して一皮むけてきたんだし、いいんじゃないですか」

「そ、そのさあ……！　『カイト』っていうのさあ……！」

「嫌でしたか。すみません。『鏡谷演出』にしますね」

「いやいや、そうじゃなくて！」

　できれば自分も『勝』と呼んでほしいのだと言いかけた時、勝の視界の横に、何かがふいと現れた。チンパンジーかなと思った。ありえない話だった。池袋のど真ん中である。

　出てきたのは、両手両足をタイルの床について、猿のような身のこなしをする男だった。ひょろりとしていて、衣装はぼろきれ同然、顔は崩れた道化メイクのような白塗り。

　それでも見覚えのある顔に、勝はハッとした。天王寺である。

　何故ここにと訝る前に、天王寺は朗々と『吟じた』。

　風よふけ、荒れ狂え。我が怒りとなり、二度と恩知らずを生み出すな。

　勝の脳裏にはキッチンと魚の姿がよぎった。聞き覚えのある台詞だった。シェイクスピアの四大悲劇の一つ『リア王』、王の狂乱の場。未来哉が淡々と呟いた。

「始まった。今日のゲリラですよ。カイトの言ってた通りだ」

「な、なんで、俺、全然、こんなの知らなくて……」

目を白黒させる勝の腕をぎゅっと摑み、未来哉は芝居の見やすい壁際に追いやった。そのうち芝居の声を聞きつけた観客たちがスマホを手に押しかけてきて、養生テープが張られたゾーンぎりぎりまで近づいて撮影を始める。

天王寺の『リア王』は一人芝居だった。自由にならない体を引きずり、常の美声が嘘のような老王のしゃがれ声をあげて台詞を朗じる。相当喉をつぶしてきたに違いないと、勝は芝居の内容とは別の意味でぞっとした。

人を呪う台詞の後、天王寺は四つ這いのまま頭を下げると、そのまま元来た方角へ戻り、ごみ袋のような黒ビニールで区切られたゾーンへ消えていった。どっと拍手が溢れる。

「すごい……！」

「あの人何なんですか？　誰ですか？　何でこんなとこで芝居してるんですか？　劇場でやってほしいんですけど。もったいないでしょ」

「天王寺司！　『百夜之夢』で敵役の野武士の我愉原（がゆはら）をやってた人だよ！」

「は？　あれと同じ人なんですか？　信じられないんですけど。キレそう」

それは未来哉にとって、最大の賛辞であるようだった。

周囲の人々の何人かが、スマホカメラでそっと勝と未来哉を追い始めた頃合いに、二人は再び人気のない場所へ移動した。今度はビルとビルの隙間の、建設用地のような場所だった。

そこで未来哉は、いきなり勝を振り向いて、潔く頭を下げた。

「……今更ですけど、初めて会った時からずっと喧嘩を売りまくってすみませんでした」

「もしかして気づいてなかったとか？　傷ついたんじゃないですか？」

「え？　いや、それは」

勝は苦笑し、取りなした。

「気にしてなかったよ。ああいうのは未来哉くんの強みっていうか、チャームポイントだと思うし。少なくとも俺は、未来哉くんに傷つけられたとは思ってない」

「……本当ですか？　傷つけようと思ってたんですけど？」

「でもそれって、十割本気のことじゃなかったよね」

本当に勝のことを嫌っている人間は、真正面から嫌味を言ったりしなかった。陰で噂を流したり笑いものにしたりするだけである。未来哉には全くそういう意図はなかった。ただ演技や演劇論の問題を辛辣に指摘するだけで、どちらかというとありがたく、もっと言うなら微笑ましかった。

「未来哉くんと初めて会った時、正直燃えたし、嬉しかったよ。対戦型スポーツが好きなせいもあると思うけど、かかってこいって言われると、やってやる！　って気分になるから。未来哉くんもそうならない？」

「ならないです。うざいなって思うだけで終わり」

「じゃあどうして俺にはそういうこと言ってくれたの？　親切で？」

「ホンットいい方に解釈する天才ですね」

「でも、俺は本当にそうだと思うから。何で？」

「……………あなたに勝てなきゃ終わりだと思ったから」

未来哉の言葉は、崖から飛び降りる人間の最後の言葉のようだった。

勝が深刻な顔で見つめ続けていると、未来哉はふっと笑った。未来哉の演じるオネーギンのような微笑みだった。だが舞台の上で見るほど、嘲りの色は濃くない。

未来哉はどこか遠く、あるいは極限まで近くにある何かを見つめつつ、笑った。

「ぼく、本当に、自分のこと、だいっきらいなんです」

「…………」

「最近、どっちを向いても『自分を大切に』『自分のありのままに』とか言うじゃないですか。あれほんと、吐き気がする。嫌いなもののままでいたくなくて演技をしてるのに、結局演技をしてもしなくてもお前はお前だなんて言われて、嬉しい人なんているんですかね？　だから意味があるって思いたかった。ぼくの演技には意味があるって、『ありのままの自分』で勝負してる先輩に勝つことで、それを証明したかった。いらない自分は壊してしまってもいいと思ってました。演技のためなら何でもできると思ってた」

でも、と未来哉は続けた。

「……そういうのじゃないんだなって、今回の舞台で、思いました。ぼくの知ってた『ぼく』は、なんか、よくわかんないんですけど、想像してたよりけっこう大きくて……オネーギンはいいやつじゃないですけど、そんなに嫌なやつでもなかった。だから、今はそんなに嫌いじゃないんです……オネーギンが」

勝にはその言葉の後ろに、自分自身が、という言葉が隠れている気がした。

うん、うんうん、と勝が声をあげずに頷き続けると、未来哉は吹きだした。

「先輩、なんか赤い牛の置物みたい。頭がべこべこするやつ」

勝はしばらく顔をべこべこさせ、未来哉を笑わせた後、意を決した。

「あ、あのさあ！　俺のことも……『カイト』みたいに、『勝』って呼んでくれないかな！」

未来哉はきょとんとした。まるで真面目な話の最中に、どうでもいいギャグでも挟まれたような顔だった。あっこれは外してしまったと気づいてから、三十秒ほど生殺しの時間を味わった後、麗しい青年は勝に答えを与えた。

「すみません。ちょっと嫌です」

その時初めて、勝は未来哉の言葉で胸の端っこが少し傷ついた気がした。


『オネーギン』は全日程を走り切った。

会期中に一度、震度二の地震が発生し、上演中のホールの電気が一時的に点灯するという事態はあったものの、地震の被害はなく、舞台上の芝居にも障りはなかった。それ以外にアクシデントらしいアクシデントはなかった。

最終公演のキャストは、宍戸タチヤーナと未来哉オネーギンだった。

神楽いぶが抜けた穴をふさぐための応急処置用木材のような扱いをうけていた宍戸だったが、鏡谷カイトと檜山菜々の『大特訓』——本人がブログでそう綴っていた——を経て、檜山より繊細で、涙もろいタチヤーナとして完成した。公爵夫人になってからも、一目見た時からオネーギンへの恋心を思い出してしまうナイーブなタチヤーナは、若年層の女性客と、高齢層の男性客の心を摑んだらしく、守ってあげたいキャラとして可愛がられていた。

最後のシーンの後、幕が上がった時からすぐ、会場は総立ちになっていた。

カーテンコールの最中に泣いてしまった宍戸を、未来哉オネーギンは最初扱いあぐねていたが、そのうち襟の白いネッカチーフを外した。戸惑う宍戸の顔に当て、黒い目元の化粧ごと涙をぬぐう。舞台袖で眺めていた勝は、客席の歓声と同時に、衣装のクリーニング担当者のウワーッという絶望の叫びを耳にしたが、聞こえなかったふりをした。

そのうち宍戸が、舞台袖にカイトを呼びにきた。千秋楽のお約束である。おまけのように勝と檜山も呼ばれた。

舞台袖からAステージのスタッフたちが、巨大な花束を抱えてやってくる。花の色合いはタチヤーナのドレスと同じ、薄桃色と苔色でまとめられていて、リボンはサテンの黒だった。

ワイシャツとスラックスの姿で、勝は万雷の拍手を浴びた。隣の檜山は少しタチヤーナを意識しているシックな茶色のワンピース姿で、深く膝を折ってお辞儀していた。

「四十八公演」

「……四十八公演ですね」

誇るような檜山の呟きに、勝も笑顔で答えた。

それだけの回数、劇場に所属する全てのスタッフが、衣装や照明や効果音や音楽や火薬の管理やイリハケの指示や大道具の移動や小道具の管理や会場案内やグッズ販売に力を尽くし、同じだけの回数、観客が芝居を楽しんでくれたのだと。

実感が数字として迫ってくる、雄大な千秋楽だった。

第六回池袋芸術祭閉幕・また来年お会いしましょう、と書かれた垂れ幕が舞台天井から降りてきて、金色の紙吹雪が降り積もると、小川レンスキーと小出鞠オリガは、舞台の上ではかなわなかった幸せな夢を演じるように、大量の紙吹雪をたがいに浴びせ合った。途中参加のキャストであるため、どちらも初めは少し肩身が狭そうだった宍戸と皆神は、二人の仲間として友情を築いており、並んで互いを労いあっていた。檜山は同じ紙吹雪をたくさんかき集めて、台詞のなかったキャストたち全員に頭から降らせた。

残された勝と未来哉は、ちらりと視線を通わせた。

勝は未来哉の手を摑み、高々とかかげた。

二人分の拳に、観客は惜しみなく拍手を送った。


最終公演の片付けを終わらせたら、全メンバーで打ち上げの居酒屋に直行――というわけにはいかなかった。池袋芸術祭の全日程が終了したのである、お待ちかねの観客投票も閉め切られた。ある意味での『結果』が出る時だった。

栄養クッキーとエナジードリンクを燃料のように飲み込み流し込み、オネーギンの座組は新たな設営を手伝った。芸術祭の終幕セレモニーは、Ａステージこと芸術劇場で行われるのである。セレモニーの司会は、池袋芸術祭の主催団体の一つ、KNTテレビ局所属のアナウンサーだった。

『演劇の面白さ、演劇の幅広さ、演劇の深さ、それら全てを感じる機会が、今年も訪れたこと、そして皆さまのひとかたならぬご協力に、心から感謝いたします』

テレビ局の重役の、壮絶に長くスローな挨拶の後、勝はぐっと拳を握りしめた。スタンバイしているのは舞台袖ではなく観客席である。芸術祭の最中に行われた芝居の座組、ほぼ全てのメンバーが揃っていた。『花之丞七変化』のスペースには、テレビで見慣れた顔の歌舞伎俳優たちと関係スタッフが陣取っているし、『愛はあらしのごとく』のスペースには、去年の大河ドラマで主演を務めた女優が共演者と談笑しながら座っている。自分も彼らの一人なのだと、勝が誇らしさを嚙み締めた時、隣の未来哉があくびをした。

「長。うっざ。これどのくらい続くんですか？　主演男優賞だけ知りたい」

「全部で一時間のはずよ。がんばって」

一列後ろに腰掛けている檜山菜々は楽しそうにちゃかした。隣の宍戸は感じ入り、また泣きそうになっている。このメンバーと過ごせる時間もあと少しなのだと、勝は今度は別の意味でしみじみとした。

『それでは芸術祭、観客投票結果発表に移りたいと思います！』

まずは総投票数が発表された。一万四千九百五票。全日程通し券を買った人間は十票の投票権を持つため総来場者数とはズレがあったが、池袋芸術祭始まって以来の票数だという。

「去年より盛り上がってた感じありますもんねー」

「去年はほら、秋の台風が来ちゃったから」

後方に腰掛けているスタッフたちが楽しそうに談笑する声に、勝は自分がつくづく新参者であることを思い、同時に少し憧れた。自分もそんな風になりたかった。

芸術祭の観客投票賞は全部で七つ。広報賞、美術賞、助演男優賞、助演女優賞、主演男優賞、主演女優賞、最優秀舞台賞。後ろに行けば行くほど盛り上がる賞である。

広報賞に選ばれたのは、『愛はあらしのごとく』だった。ＳＮＳのみに頼らず、山手線の駅広告や、デジタルサイネージと呼ばれる映像広告で、３Ｄの映像を新宿の巨大スクリーンに映し出し話題をさらっていた芝居である。出演者の大御所女優高島ひろ江は、舞台の上でトロフィーをもらってきたスタッフたち全員とハイタッチをして喜んでいた。

次の美術賞は『きらきら星は誰かの死体』が受賞した。スタッフも出演者もほぼ全員が女性という珍しい座組で、親友のＤＶ彼氏を殺してしまった女子高生が、親友と一緒に死体をつめたスーツケースを捨てる旅に出る。舞台は徹頭徹尾現代日本で、七割がたはバスの中だが、宮沢賢治の『銀河鉄道の夜』をオマージュしている舞台美術は、バスを宇宙空間をゆく船のように見せ、窓の外の景色に輝く銀河を描いていた。華やかな揃いのカチューシャをはめ、高校生の文化祭のような空気の『きらきら星』のスタッフたちは、抱き合って泣きながらステージに上がった。大量の小さな金色のトロフィーを持った総監督は『これが私たちのきらきら星です』とスピーチし、拍手を受けた。

「あれ、面白い話でしたよね。シスターフッドテールって言うんですか？ 最後、スーツケースの中で死体がキラッキラの星屑みたいになってるのは笑いましたけど」

「未来哉くん、観に行ったの」

「AからEステージの芝居は一応全部観てます。勉強なので」

「じゃあ俺と同じだ。カイトに言われてさ。楽しい勉強だよね」

「…………ぼくも同じこと言われましたけど？」

どこか張り合うような口ぶりに困惑しつつ、勝は笑って流すことにした。

『ここで特別賞を発表したいと思います』

一同は目を見張った。段取りにはなかった突然の展開である。

アナウンサーは輝く笑顔でハキハキと告げた。

『今回に限りまして特別に、翻訳賞というものを設けました。受賞者は戯曲オネーギン翻訳者、森かなえ先生です。森先生、どうぞステージの上にお越しください』

会場が拍手に包まれる中で、オネーギンのスタッフには若干の動揺が走った。森は来ていないのである。ところが何故か舞台袖から、ツイードのセットアップに身を包んだ森が登場し、優雅に会釈した。そして渡されたマイクを受け取り――マイクスタンドは森の身長より高かった――深々と一礼した。

『ええ、一応お話はうかがっておりました。光栄でございます。お話ししたいことは、実際、たくさんございますが……わたくしはお聞きの通り、大変話が長うございますので……』

ノリのいい業界人でいっぱいのホールに、わははという笑い声が満ちた。森は前を向いたまま、ゆっくりと喋った。

『私たちは……大きな混乱の時代を生きております。広がり続ける格差、異常気象の連続、新たな戦争……後世の人たちには……大変な悲しみの時代だったと、評される時代かもしれません。しかし……嵐の中をゆく船が……星を見つけ、目的地へ進み続けるように……私たちの世界もまた……文学という名前の星に照らされています。それは先人たちが生み出したものであり、これから生み出されるものでもあるでしょう。暗闇に……負けず、倦まず、星を目指してまいりましょう。ありがとうございました』

　勝の隣で未来哉が立ち上がった。立ち上がって拍手をしていた。勝も立ち上がり、オネーギンのスタッフが総立ちになった時には、会場全体が立ち上がっていた。よたよたと歩く森は、嬉しそうに笑いながら舞台袖に引っ込んでいった。

「いいスピーチでしたね。ぼくあの先生好きです。周りに流されないところが特に」

「俺も好きだよ。厳しいけど……あの、レンスキーが死んで、立会人が『ホワイ、ヒーイズデッド』って言ってるところ。ホワイの意味がわからなくて質問したら、ここは『どうしようもない』の意味に近いですよって、丁寧に教えてくれて」

「先輩、英語版の戯曲も読んでたんですか？」

「カイトに頼んだら送ってくれたんだ。未来哉くんは、当然読んで、暗記してるわけだろ。俺もそのくらいしないといけないと思って」

「的外れな努力」

　勝がうなだれてみせると、未来哉はくすくす笑った。

　と、背後の席から誰かが、ちょんちょんと二人の肩を叩いていた。檜山だった。

「お二人さん、ちょっと危ういかもって、情報通のスタッフさんが言ってるわ」

「え？」

「三年前にもこういう『いきなり出てきた特別賞』はあったんですって。で、その時には受賞確実って言われていた芝居が、全然賞を取れなかったって」

「……檜山さんって昔、不吉な予言する巫女の役とかしてました？」

「そんなにはまってた？　ありがとミッキー。ともかく気を強く持て、って後ろの席からの申し送り」

「くだらない」

　檜山の声を一刀両断にしたのは、彼女の隣に腰掛けているカイトだった。引っ切り無しに連絡が入るらしく、サイレントモードにしたスマートフォンを勝の背に隠れていじり続けるという、万死に値する劇場マナーだったが、周囲の話は耳に入っているようだった。

「賞は、いわば箔付けだ。君たちは既に自己との戦いに勝利をおさめるという偉業を達成している。先生のくれるシールに一喜一憂する幼児ではないんだ。どっしり構えていろ」

「はーい。了解しましたー」

　戸惑いがちな勝の隣で、未来哉はお行儀のよい子どものように腰掛け直した。

　賞は続いていった。盛り上がる助演男優、女優賞の発表に入る前に、会場の電源は落ち、舞台上のスクリーンに光がともった。始まったのは追悼の映像だった。去年から今年の芸術祭が始まるまでの間に世を去った、演劇に功のある人々の姿が現れては消える。

深く響く男性の声に合わせて投影される映像は、一様に若かった。彼らが舞台の上で一番輝いていた時を投影している。勝には知っている顔もあり、知らない顔もあった。『百夜之夢』で共演した野武士の大王の顔がなかったことに、勝は少しほっとした。

客席からかすかにすすり泣きが聞こえた。

「未来哉くん、俺泣きそう。この曲のタイトルって何だろう」

「『アンフォーゲッタブル』。ナッキン・コール。こういう時の定番ですよ」

あたたかな追悼の時間が終わった後、再び会場には明かりが戻った。

『それでは再び、本年の賞に戻りましょう！　続いては助演男優賞』

後ろの席で宍戸が小川を気遣っていた。小川さん大丈夫ですか、大丈夫ですかと尋ねているが、小川は答えない。緊張のあまり喋れなくなったようだった。

発表された助演男優は、しかし小川ではなかった。海外の児童文学『長くつしたのピッピ』を翻案した演劇、『げんきなピッピ』に出てくる町長役、長瀬錦二(ながせきんじ)だった。腹に詰め物をして鼻持ちならない『大人』のカリカチュアを演じる、御年七十になる重鎮である。

舞台の上に上がった長瀬は、すらりとした長身を折り曲げ一礼した後、ハキハキと喋った。

『この役を受けた時、孫娘にこう言われました。おじいちゃん嫌い、と。町長さんは嫌いだったそうです。ショックでした。これは傷心に塗る薬とさせていただきます』

「つ、次がありますよ、小川さん……」

「そうよ、かおちゃん。次があるって」

オリガとのタチヤーナが、かわるがわる小川を慰める声に、勝と未来哉はちらりと視線を交わした。自分たちのうちどちらか——あるいは考えたくないにせよどちらも——賞をとれなかった場合、小出鞠と檜山は同じように慰めてくれるはずだった。

「絶対に嫌ですね」

「……ちょっとね」

小声で頷きあった二人は、助演女優賞を待った。これは大半の人間が予測していた通り『愛はあらしのごとく』の阿部ヨリ子だった。血まみれの包丁を持って、浮気相手と結婚しようとする夫を追い回し、警察につかまった後も男を諦めず、最後は夫を追って海に身を投げる女の役である。主人公は夫だったが、ヨリ子が演じると妻も主役の一人になった。

『私の演じた栄という女は、普通の女は送らない、送れないであろう一生を送った人です。でもそういう女に賞をいただけたことに大きな意味を感じます。皆さん、自由に生きましょう。欲望のまま、どこまでも飛びましょう。でも出刃包丁はやめましょうね』

熟年の日本舞踊家のような風情の着物と日本髪のヨリ子は、最後に笑いをいれて締めくくった。

会場に緊張が走っていることが、勝にはわかった。いよいよ主演男優賞の発表である。

膝の上でぎゅっと拳をつくる勝の隣で、未来哉はあくまでクールな様子だった。だが何もしゃべろうとしない。勝の様子を茶化しもしなかった。ただ前だけを見ている。

『それでは発表します！　本年の池袋芸術祭、主演男優賞！』

もうちょっと時間をとってくれ、と勝は祈りたくなった。思いのほか司会はスルスルと会を進めていて、心臓が口から飛び出しそうだった。今だけ一秒が百秒の長さになってほしかった。

未来哉か――勝か。

ライバルか――自分か。

あるいは。

『ゲリラ演劇から、リア王、天王寺司さん！』

ええぇ、という海鳴りのような声が、会場中から上がった。

勝は絶句していた。未来哉も絶句していた。

客席からすっと立ち上がった、黒い影のような人物は、少し長くなった髪を襟足で束ねた天王寺だった。勝が目をしばたたかせている間に、天王寺は一礼し、マイクを受け取り、また素早く礼をした。

『えー、天王寺司です。お世話になっております。このような賞をいただくこと、大変光栄でございます。ここで少々野暮ではございますが、ゲリラ演劇がこの賞を受賞する意義についてお話しさせていただければと思います』

天王寺が話し始めたのは、池袋芸術祭の歴史だった。

芸術祭という名前で呼ばれるようになり、池袋の公共事業の一環として認められるようになったのは五年前だが、それまでも祭りの前身は存在した。劇場を借りることのできない小規模団体、事務所に所属せず独立した俳優、チンドン屋などの集団が、互いに示し合わせて池袋大歩行者天国の合間を縫い、ゲリラ的に演劇を披露していたのである。

『おわかりいただけるかどうか。この巨大な祭りの陰には、時には迷惑だと言われ、時には嘲笑されつつも、芝居をするのをやめなかった先人たちの労苦があります。そしてそのよすがを今に残すのが、いわゆるゲリラです』

そうだったんだ、というのが勝の素直な感想だった。勝が芸術祭について知り始めたのは、オネーギンの渦に巻き込まれた後で、祭りの歴史について調べるような暇はなかった。

『ですがご存じの通り、芸術祭の開始以来設置された観客投票に、ゲリラ演劇は含まれませんでした。観られる人間と観られない人間の差が大きすぎますし、チケット購入者に投票権を与えるというシステムと相容れません。ですが私の所属するグループの先輩方には、池袋のゲリラで鍛えられたという俳優が多々存在します。彼らはいずれも無冠です。冠の有無が王の証明とは言いません。しかしあまりにも無冠の王や女王が多いのがこの世界です』

ですから私たちは挑戦しました、と天王寺は告げ、会場を見回した。

天王寺は獲物を捕らえた狼のような顔で、獰猛に笑っていた。

『時代はさらに移ろい、今は動画共有が当たり前の時代になりました。ゲリラと呼ばれるたった一回の演劇でも、ＳＮＳの力によって無数に再生され、人々の目に触れることが当たり前になっています。この世界にはまだタイムマシンはありませんが、技術の力がそれに近しいものを作りあげているとも言えるでしょう。私のいただいた賞は、かつて存在した無冠の王、女王たちに捧げたいと思います。最後になりますが、演出の海山先生に感謝します。過去のゲリラを知る世代の先生に演出をしていただき光栄です』

天王寺が頭を下げると、会場は拍手に包まれた。

　勝と未来哉はいまだ呆然とし、手を叩くどころではなかった。オネーギンのスタッフも困惑しているようで、ただただ静寂が広がっている。先に口を開いたのは未来哉だった。

「……何あのオッサン。は？　ガチでムカつくんだけど」

「一緒に見ただろ。『風よふけ、荒れ狂え』の」

「先輩冷静すぎ。悔しくないいんですか」

「いや、歴史的意義があるって言われちゃうと、何か……」

「関係ないでしょ。あの人が通しで芝居したのって、ゲリラ全部合わせても、せいぜい五回か六回ですよ。こっちはぼくと先輩合わせて四十八回もやってるんですけど！」

「ま、まあ、でも芝居に大事なことって、回数だけじゃないからね」

「自分に言い訳するの得意な人ですか？」

　勝は苦笑した。自分のことをおじさんと呼ぶ天王寺の気持ちが、もう一段階深くわかったような気がした。悪いことばかりではなかった。

「『次がある』って言われた気がしない？　池袋芸術祭は毎年ある。これからまだチャンスはあるよ。がんばろう」

「毎年あってもなくても、取れなかったものは普通につらいです」

「そ、それはそうだけど！　まだまだこれから先が楽しみだって意味で！」

「ぼくそんなに切り替え早くないんで、しばらくぼーっとします」

　そして司会は再び、華やかな笑顔で会の進行を続けた。

『お名残り惜しいですが、最後の二つの賞の発表となります。池袋芸術祭、主演女優賞。オネーギン、タチヤーナ役。檜山菜々さんです』

　えっ、えっ、という声がスタッフの中から上がった。勝と未来哉は振り向いた。檜山菜々は目を見開きながら、ぼんやりしていた。何が起きているのかよくわからないようだった。

　司会はまた言葉を続けた。

『続きまして最優秀舞台賞の発表です。鏡谷カイト演出、オネーギン。檜山さん、関係者の皆さま、壇上にお上がりください』

　ああこういうことか、とどこかで納得しながら、勝は席を立ち、まだ座っている未来哉の肩を叩いた。檜山同様、未来哉もぼうっとしていて立てないようだった。

　舞台の左右に設えられた、微妙にぐらつく小さな階段をのぼり、舞台に上がった時、勝は目を見張った。劇場の三階席までいっぱいに、人が座っていた。演劇の関係者たちは皆一階に招待されているが、二階から上には抽選を勝ち抜いた一般客がいるのである。この人たちもずっと見守ってくれていたのかと、勝は胸があたたかくなった。

一番上の座席に向かって小さく手を振ると、誰かが元気いっぱい手を振り返してくれた。

芸術祭の運営スタッフがするすると近づいてきて、ランナーに水でも配るような手つきで、ひょいひょいと全てのメンバーにトロフィーを配って去った。軽技師のように、互いの手と足をつなぎあった二人の人間が、文字通り『人間の輪』を形作る意匠である。檜山菜々のものだけは他よりも一回り大きく、二人の人間のあいだに、燃えるような赤色の星が輝いていた。

マイクを渡された檜山の隣にはカイトが立っていたが、どうぞとジェスチャーし、カイトは檜山に先にスピーチするよう促した。

『…………』

何が起きても場をしゃんとさせ、時にはなごませてくれる檜山が、戸惑い、黙り込んでいた。座組のほぼ全員をオリジナルの綽名(あだな)で呼ぶ大黒柱のような女優が、フリーズしている。

そっと小出鞠が歩み寄り、檜山の手を握った。

途端に糸が切れたように、檜山は泣き出し、小出鞠の肩に顔をうずめた。

マイクが嗚咽の声を拾い始める前に、カイトがマイクをそっと受け取り、あとを引き取った。

『先にスピーチさせていただきます。鏡谷カイトです。池袋芸術祭の最優秀舞台賞を受賞できたこと、本当に光栄です。これもひとえに、四十八公演の間、力を尽くしてくれたスタッフたちのおかげです。ヒューバート・ローリンソンの戯曲、森先生の翻訳から始まり、今ここに至るまでに、どれほどの数の人々の汗と涙があったことか、ご想像いただければと思います。裏方と呼ばれる面々、キャストの皆さまの尽力は言うに及びません。全ての関係者に感謝します』

カイトは早口に告げた。客席の真ん中あたりの通路に、テレビ番組の撮影でいうADのようなTシャツのスタッフが立っていて、『押しているので巻きで』と書かれた大きな白いボードをかかげている。これでどうです、と言うようにカイトが目を向けると、スタッフは片手でいいねのサインをしてみせた。

ちょうどその時、檜山が顔を上げた。まだ涙をこぼしていたが、小出鞠に微笑み、客席に向き直る。カイトはマイクを渡した。しばらくきつく唇を引き結んだあと、檜山は喋り始めた。

『私は………私の今までの人生には、賞と呼べるものはありませんでした。三番までに入ったらもらえる賞は、何にも……それでも……先程、天王寺さんが仰ったように、賞が全てではありません。たくさんの拍手をいただけるこの仕事が、私は大好きです。でも、でも……やっぱり、賞と名前のつくものに憧れがありました。ほしかったです。ほしかったんです』

　檜山はマイクを右手に、トロフィーを左手に持っていた。喋りながら時々、信じられないというようにトロフィーを眺めていた。

『これは……お客さまが一票一票投票してくださった結果、与えられた賞です。演劇に携わる人間ならみんな知っている、とてもあたたかな賞です。それを自分が……いただいたことが、信じられません。明日死ぬと言われそうな気がします。でも死にたくありません。これからもずっと板の上に立っていたいです。ありがとうございました』

　目元を押さえながら一礼した檜山を、再び小出鞠が抱きしめた。女性スタッフたちも抱き合い、もらい涙を流していた。巻きで、というサインを持ったスタッフは、通路でぴょんぴょん飛びはねて自己主張していたが、通路脇の席に腰掛けた『愛はあらしのごとく』のスタッフたちに止められ、まあいいじゃないのと絡まれて困っていた。

「………」

　瓢簞（ひょうたん）からコマで手に入ってしまったトロフィーを、勝はまじまじと見た。楽屋で髪の毛をセットしてくれたスタッフとも、衣装にスチームアイロンをかけてくれたスタッフとも、カイトと喧嘩まがいの言い争いをしつつ最後は仲良く大道具の置き方を決めていたスタッフとも同じもので、それが嬉しかった。『みんなのトロフィー』

だった。

未来哉はどうだろうと視線を向けると、殿下と呼ばれる美青年は、筋を噛みあぐねたブルドッグのような顔で、小さなトロフィーを見下ろしていた。勝はカメラで抜かれないことを祈った。

『以上、オネーギンのメンバーでした！　皆さま、ありがとうございました！』

拍手に包まれながら舞台を降りた勝は、奇妙なことに気づいた。芸術祭の終幕セレモニーは四時までのはずなのに、時刻がまだ三時三十分なのである。撤収時間も含めてのスケジュールだったのかなと思いながら見ていた勝は、司会が目をきらきらさせ始めたことに気づいた。閉会の挨拶をするテンションではない。

『それでは皆さま、お待たせしました。これから池袋芸術祭特別開催、二藤勝バーサス南未来哉、オネーギン対決の投票結果を発表したいと思います』

はぁあああ？　という未来哉の声を、勝は咳払いで何とかごまかそうとした。もう主演男優賞も決まってしまったのに、今更投票結果を明かすことにどんな意味があるのかと、未来哉の声は雄弁に語っていたが、ともかく芸術祭としては二人の対決を最後まで盛り上げたいようだった。であれば流れに乗るしかない。

もうちょっと付き合おう、もうちょっと付き合おうねと、子どもをあやす母親になったような気持ちで、勝は未来哉の肩を揺さぶり、微笑みかけた。

「こんな風に特別に扱ってもらえるなんてすごいことだよ。楽しみだね」

「緊張感が切れたり続いたりでメンタル激動なんですけど。帰りたい」

追悼特集の時のように、壇上には再びスクリーンが現れた。巨大な勝と未来哉のオネーギンの写真が左右に出現する。

『スクリーンにご注目ください！　こちらは池袋芸術祭本部に設置されたボックスに投票された、二人のオネーギンの得票数です』

そんなボックスがあったんですかと目を剝く二人のオネーギンに、伝達が行ってなかったんですか？　と後席のスタッフたちはきょとんとした顔を見せた。芝居に集中している間に、事態はコロコロと転がっていたようだった。ピコピコした近未来的なSEと共に、二人の顔写真があった場所に、それぞれ赤と青の棒グラフが現れる。赤が勝。青が未来哉。総得票数はあっというまに千を超えた。二人のオネーギン対決は巨大なイベントと化していた。

効果音と共に、二本の棒グラフは伸びるのをやめた。赤が青に倍近い差をつけている。

『会場投票では、二藤勝さんが優勢のようです。ここにネット投票を足してみましょう』

ナーバスになっている未来哉は、脚を組んで体ごとそっぽを向いていた。勝は二人分礼儀正しくするように、背筋を伸ばして膝の上に手を置いていた。

再び棒グラフは激しく伸び始める。司会は微笑みつつ、今年から導入されたチケット個別のバーコードによる投票で、こういったイベントが可能になったことを解説し、来年の芸術祭のチケットの購入を今から促すセールストークをはさんでいた。

「……あの、もしかしてこの会って、配信か何かに……」

「動画サイトで無料生配信中ですよ」

もう少しいろいろ調べておけばよかったと思いながら、勝は画面を眺めているしかなかった。青い棒が赤い棒を追いかける。相当追い上げられはしたものの、勝の優位は揺るがなかった。このままいけば勝の勝ちである。

もっといろいろやりたいことがあったのになと、どこか悔しいような気持ちを抱えながら、勝は画面を見ていた。未来哉は目も開けていなかった。

司会者は笑いながらスクリーンを促した。

『ご覧ください！　二人のオネーギンのデッドヒートです。それでは最後に、リアルタイム配信チケットをご購入くださった皆さまからの投票を加算します。なお、本年の配信チケットのご購入者数は一万四千五百六十一名でした。こちらもまた、池袋芸術祭史上最高です！』

勝は小さな文字で表示されている総得票数を数えようとした。二つのグラフの差は二千もない。計算する間もなく、再びグラフは動き始めた。

青が赤を追いかける。

追いかけて。追いかけて。追いかけ続けて。

最後の瞬間に追い抜いた。

うっ、と息が詰まる音を漏らした勝の隣で、いつの間にか未来哉が顔をあげていた。

『というわけで！　二人のオネーギンの人気投票は、南未来哉さんの勝利に終わりました！

未来哉さん、おめでとうございます！　こちらは芸術祭の賞ではございませんので、トロフィーの贈呈はありませんが、後日未来哉さんからはメッセージをいただき、公式ウェブサイトで公開させていただきます』

壇上のスクリーンには、未来哉のオネーギンの顔が大写しになっていた。劇場にも飾られていたポスターの顔である。こういう時にはライブカメラで抜くんじゃないの、という檜山の声が、勝にはどこか遠くで聞こえた。

未来哉は口を半開きにし、子どものような顔で、壇上の自分の写真と見つめ合っていた。

勝は半秒ほど、奥歯を食いしばった後、ぽんと未来哉の背中を叩いた。

「未来哉くん、おめでとう！」

「……あ……？」

「主演男優賞じゃないけど、俺たちの勝負の結果は出た。未来哉くんの勝利だよ」

「や……これ…………ぁあ……？」

「ミッキーすごい！　ああいう解釈がお客さんに受けるのってすごいわ」

「俺はやると思ってたよ、殿下！　時々隠れて筋トレしてたのも見てたぞ！」

万雷の拍手と、おめでとう、おめでとうという言葉が飛び交う中で、カイトだけが静かだった。勝は振り向き、旧友の顔を見た。何か言ってやれよ、と未来哉の方を促すと、カイトはやれやれという顔をして、口を開いた。

「終わったな。未来哉。これでセレモニーは全て終了だ。ようやく帰れるぞ」

「……あ……？　スピーチないの？」

「ない。これはあくまでも人気投票だ。君たちはどちらも主演男優賞ではない」

「…………うっざ……」

わいわいと話し合っているうちに司会の挨拶は終わり、未来哉はあちこちからやってきた誰が誰やらわからない人々に次々に祝福の言葉を投げかけられた。ああ、どうも、そうですか、しか言えない人形と化している未来哉を背中で守りつつ、勝は会場を出たところで、再びカイトを小突いた。

「カイト、俺打ち上げにはちょっと遅れていく。新宿だったよな」

何かに納得したように、カイトは静かに頷いた。

「わかった。適当に言い繕っておく」

未来哉のことを祝福する人々は、勝には何と声をかけたらいいのかわからない様子だった。勝は率先して明るい顔をし、若干気まずそうなスタッフたちに満面の笑みで手を振って、じゃあ後で、後でねー、と明るく挨拶をし、一人集団から抜けた。


『見た？　オネーギン対決、殿下の勝利だって！』

『ウェブ票が効いたね』

『二藤勝もよかったよ！　私の中では絶対的な一等賞だから！』

『これだけ話題になってるのに何でオネーギンに主演男優賞をあげなかったの？』

『最優秀舞台賞はとったから……。あとは話題性が先行しすぎたのかなあ』

『海山でしょ。大御所を呼ぶだけ呼んで賞はあげませんっていうのは、今後の祭りに豪華なゲストを呼びたい運営側としては難しい』

『リア王の動画を見なよ。あれが無料で何度も見られるとか、すごい時代になったもんだよ』

『背景にそれぞれゴミ捨て場とかレストランとか映ってるのがシュールで面白い。動画の時代じゃなかったら、あの芝居が通行人にチラ見されて永遠に消えてたんだよね。

怖すぎ』
『そういうゲリラが無数にあったんです、っていうのが天王寺のスピーチだったろ』
『いい祭だった！　来年も楽しみだー！　二藤勝と南未来哉がまた出ますように』

タクシーは使わず、池袋駅から在来線に乗った勝は、適当な駅で降り、適当なカラオケボックスを探した。すぐ見つかった。昼間の時間なので一時間三百円だった。店は空いていた。

ボックスに入った瞬間、勝は叫んだ。

「あーっ！　あーっ！　くそ！　ほしかった！　賞が！　ほしかった！　畜生！　がんばったんだけどなーっ！　あーっ！　何が『次がある』だ。俺の馬鹿野郎。ほしかったーっ！　今年の賞が！　ほしかったんだよ！　かっこつけんな馬鹿！　先輩面して余裕こいて！　何やってんだよ！　余計に格好悪い！」

ぜえはあと肩で息をしながら、勝はタッチパネルを操作し、人気だという曲をざっと見て、一番上にあった古いアニメソングを入力した。イントロが即座に始まる。見たこともないアニメだったが歌は有名なので、勝もよく知っていた。

マイクの音量を下げ、それでもボックスが許す限りの、絶叫に近い音量で、勝は歌った。どこかに思いのたけを文字通り吐き出しておかないと、自分が何をするかわからなかった。歌は三分で終わってしまったので、もう一度同じ曲を入力して、また三分歌って、駄目押しにもう一回歌ったら喉が嗄れかけたので終わりにした。

台湾の有名店の喉飴をとかしたミネラルウォーターをがぶ飲みし、しばらく放心した後、勝はスマホを取り出した。メッセージアプリにカイトからのテキストが入っている。

『惜しかったな』

『君のオネーギンは素晴らしかった。間違いない。未来哉も素晴らしかったが』

『打ち上げの店の地図情報を添付する。早く来てくれ』

『早く来てくれ。たのむ』

『今すぐ来てくれ。未来哉がおさえられない』

最後のメッセージの後には、カイトからの着信履歴が二件入っていた。まるで救援要請のようだった。勝は最後にすんとはなをすすり、足早にカラオケボックスを後にした。

「だからぁ、ぜったいこれはまちがいなんらよぉ」

「飲みすぎだ、未来哉」

「カイトもわかってるだろぉ！　ぼくが勝つはずないんだよぉ。へんだよ。これでまた、かおでとったしょうとかいわれるんだよ。さいあくー」

「だから飲みすぎだと……勝！　遅かったな！　やっと来たか！」

新宿の無国籍料理居酒屋は、テナントビルのワンフロアをそのまま使っている広々した店舗で、天井にはカラフルなエスニック風ランプや観葉植物が垂れ下がり、カウンターテーブルには各種軽食やアルコール飲料がずらりと並んでいた。フロアの中央、常ならば大きなテーブルがありそうな場所は片付けられていて、大人数の面々が自由にたむろできるようになっていた。

その真ん中で誰かが寝ころび、駄々っ子になっていた。『オネーギン』の最中に二十歳を迎え、キャストとスタッフにチョコレートケーキで祝われていた未来哉である。白い顔だが泥酔しているらしく、カイトの手を摑んで離さなかった。

「まちがい！　一位はっ！　二藤勝だから！」

「とりあえず立て。未来哉。立て。僕の手が千切れる」

「ぼくなわけ、ないだろ！　バッカじゃないの！　二藤勝のほうがぁ、百倍すごいんだからぁあ。ぼくはしってるんだから。なんかのまちがいなんだよお」

「しかし君だってベルリンで賞をとっているんだぞ」

「あんなのはぁ！　おなさけ！　ルーキーががんばったねって！　それだけなの！」

　怒りつつべそをかき、べそをかきつつ怒る未来哉を、スタッフたちは暴れる赤ん坊を見守るように眺めていた。矢面に立たされているカイトはそれどころではないようだったが、勝は感動してしまった。

「……未来哉くん、俺のことそんな風に思ってくれてたなんて……」

「うれしくない！　ぜんぜんうれしくない！　もっとガツンとぶっとばしたときに、賞がほしかった！」

「いやあ！　未来哉くんもすごかったから！　この結果は当然だよ！」

「まちがいなのっ！　ぼくはぁ！　すごくないのお！」

　はいはいはい、と言いながら、誰かが二人の間に割り込んできた。檜山だった。いつものどっしりと構えた笑顔を浮かべているが、耳だけ何故か真っ赤だった。

「……ひゃーまさん、なんれすか」

「ミッキー、ひゃーまさんがいいこと教えてあげる。あのね、ひとに愛されることとか、ひとに好かれることって、じぶんでえらべることじゃないの。ただおきゃくさんが『すき！』とか、『きらい！』とか、しぜんと思うのにまかせることしかできないの。なのにあなたは！　すっごくたくさんのひとたちに『あなたの演技、すき！』っておもわれてる！　それが数でわかった！　たしかなかたちになって、わかった！

それってすごいことよ！　しんじられないかもしれないけれど、とにかくすごいこと！　そういうときはね！『そうか、自分はすごいんだな』って、自信をもつのっ！　外野がザワザワ何か言っても！　それは自分がすごくいいからだって！　そう思うのッ！　信じるのよッ！」

「ひゃーまさんはそうしてるんですね……」

「……私だってしんじられないのよぉ！　何でこんなトロフィー持ってるのかしら。わかんない。夢じゃないかしら。飲まなきゃ夢がさめちゃう。ゆみりぃ、ビールゥ」

「菜々ちゃん、お水にしておこうね……」

小出鞠に連れられて、檜山菜々は店の壁際に連れていかれた。そしてスタッフに囲まれると、ジョッキをトロフィーのように掲げ、特に求められていないスピーチを始めた。

なごやかな、あるいはカオティックな飲み会を眺めながら、勝が微笑んでいると。

いつの間にか背後に立っていた誰かが、ぎゅっとシャツの背中を摑んだ。

ぎょっとして振り返ると、三白眼の未来哉が立っていた。

「ぬふじ、まある」

ヌフジマアルってなんだろう、と思った後、勝はハタと気づいた。自分の名前だった。未来哉はヌフジマアルあらため二藤勝を見つめ、とろんとした目で告げた。

「おまえのことを……おまえのことを、ぼくは……」

勝はごくりと唾をのんだ。未来哉は自分自身に向けて告げるように、渋い顔で呟いた。

「……しょうじき……すごく尊敬してる……」

「あ、ありがとう」

「……顔もいいし……でも顔はぼくのほうが、いい。髪の毛も、サラサラだし、肌もツヤツヤだし」

「そ、そうかもしれない、ね……？」

「でもいい子ぶっててキモい。あとカイトに異様に好かれててムカつく……」

勝が吹き出すと、未来哉は回れ右をして、ふたたびカイトの下に突撃した。カイトォ、カイトォと駄々をこねるように連呼し、無視されるとぼくのことが嫌いなのかよぉと泣き始める。鬱陶しいことこの上なかったが、スタッフたちの好感度は見るからに上がっていた。

「……やっぱり先輩面をするしかないか」

勝は嘆息し、カイトを助けに入り、未来哉を抱え起こして、壁際のソファまで引きずっていった。宴がお開きになるまで、勝は杯を掲げてくる人々に、さわやかな笑顔を返し続けた。

エピローグ

池袋芸術祭の閉幕、オネーギンの千秋楽から一週間後。

稽古場として活用されていたスタジオに再び集結したキャスト、スタッフ一同は、中学校の社会科の授業のような、壁に投影された大画面を見つめていた。

映っているのはヒューバート・ローリンソンだった。ロンドンから生中継である。

英語のスピーチの内容が果たしてわかるのだろうかと勝は緊張したが、ヒューバートはとてもゆっくり、丁寧な英語で、祝福の言葉を述べてくれた。

『あなたがたの未来に栄光が溢れることを祈っています。これからも共に生きていきましょう。住む場所は違っても、私たちは同じ地球人で、芝居に人生を捧げています。また一緒に仕事ができるとよいですね』

メッセージはそこで終わり、映像は切れた。未来哉は皮肉っぽく笑った。

「これだけ見るために集められたんですか？　なんか拍子抜けなんですけど」

「ああ、ミッキーはこの後みんなで飲みに行きたいのね」

「檜山さん、うるさいです」

「まだ終わっていないぞ。実はもう一件ある」

カイトの言葉に、一同は再び壁面に目をやった。

次に映し出されたのは、つるりとした禿頭と、澄んだ瞳を持つ男性だった。

「……海山先生」

呟いた未来哉の隣で、少し厳しい顔をしたカイトが、勝には見えた。

『こんにちは、オネーギンを走りきった皆さん。このたびは私のプロデュースとは名ばかりの、投げっぱなし、お任せしっぱなし公演に注力していただき、誠にありがとうございます。どうか石を投げないでください。これは録画なので、投げても私には当たりません』

わははと小川が笑ったが、他には誰も笑わなかった。人を食ったような微笑みを浮かべた老演劇人は、関係各位に穏やかな感謝のメッセージを続けた。全ての煩雑な手続きをしてくれたことへ、海を隔てたコミュニケーションをとってくれたことへ、日本の人々へ世界の最新の演劇を届けるメッセンジャーとなったことへ。

『さて、ここからは何人かに個別メッセージを伝えたいと思います、まずは未来哉』

整った眉がびくりと震えたのが、勝には見えた。画面の中の海山は微笑み続けていた。

『お前はずっと、自分は私のところでしか仕事ができない、私の個人的な好みによって取り立てられたと、自分のことを卑下していたね。正直迷惑だった。おっと失礼。でも池袋でお前は観客によって選ばれた。それはお前が自分の手でもぎとった勲章だ。誇りなさい』

「……こんなことわざわざ動画で言わなくていいのに」

未来哉が口先だけは迷惑そうにこぼすと、檜山と小出鞠が笑った。

画面の中の海山は、次にカイト、と呼んだ。ああ自分宛てのメッセージはないんだなと、勝は苦笑した。喫茶店で一度会っただけの人間に、ゆかりも何もあるはずがなかった。

『今回のことで、お前にはいろいろわかったことがあったはずだ。これもまた未来哉に告げたことに似ているが、お前もまた、自分の才能を狭く押し込めていたね。もっと外を見なさい。それから言い忘れていたけれど、ワークショップでお前の書いた戯曲たちを、未来哉に見せたことは悪かった。お詫びする。しかし私はあれも嫌いじゃない。退屈ではあるがね』

カイトは大きく鼻を鳴らし、不満の意を表明していた。ワークショップで書いた戯曲の話は初耳で、勝はちらりと視線を送った。できれば自分にも読ませてほしかった。だがカイトは明らかに無視した。読ませたくないようだった。

これでメッセージは終わりかなと思っていると、十数秒ほど『ため』をつけた後、海山はにたりと笑った。

『最後に二藤勝くん』

勝は顔を上げた。

海山はやけに真剣な顔で、まっすぐにカメラを見つめていた。

『君のオネーギンを、私は五回見た。初日、一週間目、二週間目、千秋楽の前日、オンラインで一回。私は君の芝居に恋をしてしまったようだ』

みぞおちを鉄の塊で殴打されたような衝撃だった。勝が目を剝いていると、録画の海山はその顔が見えたようにほくほくと笑った。

『そういうわけで海山塾に来なさい。君のためのホンを書く。事務所には改めて連絡をするから、これは君に気持ちを決めてもらうためのビデオレターだと思ってくれたらよろしい。悪いようにはしない。まあ苦しめはするだろうが、それもいずれ君のためになる苦しみだと思うよ。ははは』

それでは失礼いたします、と深々と頭を下げて、メッセージは終わった。誰も内容を確認していなかったらしく、キャストのみならず、スタッフたちも呆然としていた。

一番わからないのは勝だった。

日本を代表する脚本家であり、演出家であり、カイトの恩師である人間が。

勝のために脚本を書きたいという。

「………な、なにかの、間違い……？」

「まさちゃん、居酒屋のミッキーみたいなこと言ってるわよ」

「やったじゃないですか二藤先輩。海山先生、嘘はつかないですよ」

何も言えずただ首を動かしているだけの勝に、今度はカイトが声をかけてきた。

「……よかったな」

突き放すような、悔しがるような、カイトらしからぬ感情の滲んだ声だった。

「海山先生の新作の戯曲の、おそらくは主演だ。日本中の業界人が君を死ぬほどうらやましがるだろう。彼は怖いし、古風だし、稽古場では彼が帝王だ。だがわからずやの頑固じじいではないし、ハラスメントには塾内に新しく対策部署を作ったとも聞いた。悪環境ではない」

「あ…………ああ……」

「以上。皆さんおつかれさまでした。本日はここまでとします。この後には別団体の予定が入っていますので、できれば速やかに撤収してください」

それだけ言うと、カイトはポケットからスマホを取り出し、すたすたと稽古場を出ていった。追いかけてくるなと主張するような背中を、勝はただ見送ることしかできなかった。

「もしもし。鏡谷です」

『ああ、カイトか。そろそろ電話が来るかと思った』

ミーティングは十一時からと聞いていたからね、という声を遮り、カイトは告げた。

「何を考えているんですか。二藤勝を海山塾に呼ぶなんて」

『悪くないだろう？　何もうちで十年可愛がりたいなんて言っていない。客演に迎えたいと言っているんだよ。あの子は楽しいね。何もできない真面目なでくの坊のような顔をしていながら、とんでもないことをやって見せる。スーパーヒーローというより、自分をぬいぐるみだと認識している恐竜のようだ。私にはそう見えたな』

　カイトはぐっと言葉に詰まった。声をあげて笑う海山を、カイトは低く糾弾した。

「……そういえば、僕が過去のワークショップで書いた戯曲の件ですが……」

『お前の習作たちの話だね。みんな、そうどれもみんな、スーパーヒーローが活躍する話ばかりだった。全て金太郎飴のように、君の憧れる二藤勝らしき何かの影が踊っているだけ』

　空虚な明るさだったね、と。

　そう言われると、カイトは悔しそうに黙った。だがと海山は言葉を続けた。

『お前はその中で格闘し、ついには若竹賞の門をくぐった。別に賞を取ったことがどうというわけじゃない。まるで違うものを生み出す力量を示したことが私は嬉しかった。未来哉にも、できればそういう風になってほしくてね』

「今度は未来哉の話ですか？　そもそも、先生が押し付けた竹という俳優は……」

『いろいろ面倒だったんだ。あれはうちの塾のスポンサーとも多少関係のある男でね。私が処分すると何かとカドが立ったのさ。だがあそこまでのことをしているとは思っていなかった。気づいていなかったのは私の咎だ。未来哉を助けてくれてありがとう、カイト。不器用なうちの子にかわって感謝するよ』

古狸のような言葉に、カイトは舌打ちをしたくなったが抑えた。だが海山は舌打ちの音が聞こえたとでもいうように、楽しそうに声をあげて笑った。そして告げた。

『今回のことでよくわかった。お前は自分だけのヒーローの夢を抱いて自滅するほどちっぽけな人間ではなかった。ましてやヒーローを生贄のように道連れにする男でもなかった。だがその口調では、彼は未だに君の神さまであるようだね。イギリス留学中、時差をものともせずテレビに食らいついていた時と同じように』

カイトは否定も肯定もしなかった。海山はしばらく黙った後、穏やかに笑った。

『さて、そんな勝くんを、私は海山塾に招き入れようとしているわけだが』

「客演のはずです」

『わかっているよ。だがお前は苦々しい気持ちかもしれないね？　自分が育てたと思っている俳優を、私に取られてしまうと』

「……未来哉と勝を交換しようとでも言っているおつもりですか？」

『将棋の駒ではないんだ。彼らには彼らの意志がある。だがやはり、二藤勝には君ではない演出家の下での仕事も必要だ。そのあともまた、彼がお前と仕事をしたがるかどうかはわからないが、そこまで束縛したいと思っているわけではないだろう？』

「あいつに『嫌だ』と言われたら、それを反故にしたくなる戯曲を書くだけです」

『私はお前のそういうところが好きだよ。私と似ていなくもない。だが今のお前は、未来哉にも魅力を感じているだろう？』

「…………まばゆいばかりに光り輝いているのに、何故か自分のことを路傍の石だと思っている、変な男ですね」

『ほら、やっぱり放っておけなくなっている。あいつを頼んだよ。君の勝くんは私がしっかり育てておくからね。それじゃあまた』

ははははは、と怪人のようにけたたましく笑って、海山は回線を切った。


稽古場を出てすぐ、公園というより建物と建物の間にできてしまった空き地のような狭いスペースのベンチで、勝は一人、ぼうっとしていた。十一月の日差しが心地よかった。心はまだ、現実を受け止め切れていない。マネージャーには留守電に連絡をしたが、折り返しの連絡はまだない。

鳥の声に耳を澄ましていると、ベンチの隣に誰かがやってきた。姿を確認するまでもない、輝かしい容貌の『後輩』だった。

「どうしたんですか、先輩。捨てられた犬みたいな顔して」

「未来哉くん……単純に、すごくびっくりして……これ、夢かなあって」

「夢じゃないですよ。ぼくのところにも海山先生は『君は素晴らしい子だ。私と一緒にたくさんの夢を作ろうじゃないか』って、詩人と宗教者の中間みたいな顔してスカウトに来ましたから」

「……ほんとに噂通り怖い？」

「怖いですよ。でも物を投げるタイプじゃないです。煙草も吸いません」

「じゃあ、どういうところが……？」

「芝居がまるでできない時にも、ただニコニコ笑ってるところ。怖すぎ」

勝は自分の内臓がきゅっと縮んだような気がした。未来哉は愉しそうに笑った。

「でも楽しいんじゃないかな。先輩は負けん気が強いでしょ。海山先生もそういう人、すごく好きみたいですから」

あーあ、と未来哉はため息をついた。そして笑った。

「ぼく捨てられちゃったな。わかってはいたんですけど。先生は次々にお気に入りの子を見つけては、前の子は捨てていくタイプだって」

「そ、そんなことはないと思うよ！」

「先生は一度に二人のミューズはいらないんですよ。そう言ってました。たった一人、大切に大切に可愛がって、最高の舞台を一緒に作り上げて、はいサヨナラ。でもよく考えるとそんなに悪くもないですよね。独り立ちできるようにしてから送り出してくれるので」

「…………未来哉くんみたいに？」

「ぼくはまだ半人前です。まあ仕事の方法くらいは覚えさせてもらいましたけど」

珍しく謙虚な言葉に勝が驚くと、未来哉は秀麗な顔に底意地の悪い笑みを滲ませた。

「社交辞令。だってぼく、池袋芸術祭の観客投票で先輩に勝ってますから。ぼくが半人前ってことは、先輩は半人前以下ってことです。わかります？」

「……論理的に考えるとそういうことになるね」

「そうですよ。だから海山先生にしごいてもらった方がいいですよ。その間にぼくはもっと先へ行きますけど。まあ海山塾の所属もどうなるかわからないし、仕事が多すぎるって言われてマネージャーも逃げちゃったので、ちょっと困ってますけど」

「な……！　そのマネージャーの話、本当？」

はいそうですと未来哉はあっけらかんと告げた。そしてもとからマネージャーなんてそんなものだと思っていたので大して驚いてもいないと、猶更勝を憔悴させるようなことを言った。仕事の話も全て宙に浮いているが、どうしたらいいのかもよくわからず、とりあえず放置しているという。頭が痛くなるような話だった。

「なら、うちの事務所にとりあえず来たらどうかな。社長はすごくいい人だから、未来哉くんにぴったりの事務所を紹介してくれると思う」

「ぼく、性格悪いですけど」

「俺だって大してよくなんかないよ！　でもマネジメントをしてくれる人は、そういうのが仕事なんだから、お互いうまく付き合えるように工夫してくれると思う」

「そんな人本当にいるんですか？」

「俺のマネさんはその典型だよ。カイトの仕事で久しぶりに活躍させてもらった時、『勝さんがまたキラキラしているのが嬉しい』って、一緒に泣いて笑ってくれた」

「は？　それはさすがに話を盛ってますよね？」

「実話だよ。みんながみんなそうとは言わないけど、その逆でもない」

ちょうどその時、勝のマネージャーの豊田から折り返しのコールが入った。海山は同じタイミングで事務所にも連絡をしていたらしく、豊田も慌てている。

一度深呼吸をした後、勝は宣言した。

「俺、やりたいと思ってます。海山塾の仕事、受けさせてください」

ベンチの隣から、未来哉がつまらなそうな顔で勝を見ているのがわかった。豊田は涙声で、それがいいですと請け合ってくれた。その後スケジュール確認や事務連絡などを済ませた後、勝は未来哉の方を見て切り出した。

「あの、豊田さん……折り入って相談があるんですけど、社長はいますか」

豊田は困惑していたが、事情を話すと即座に社長に回線を繋いだ。そして諸事情の説明を受けたと思しき社長も、多くは尋ねず、こう告げた。

『勝。未来哉くんはそこにいるか』

「います」

『じゃ、代われ』

勝は未来哉に電話を差し出した。未来哉は面倒くさそうな顔をしながら、勝のスマホを受け取ると、小走りに声の聞こえない距離へと走っていった。俺のスマホなんだけど、と勝が告げる暇もなかった。

まあそのうち戻ってくるか、と苦笑していると、今度は別の人影が、勝の隣にやってきた。

「よう。王子さまの世話をよく焼いているみたいじゃないか」

「……カイト。お前ほどじゃないよ。聞いたぞ。しばらく一緒に暮らしてたんだって？」

「誰から聞いたんだ？」

「未来哉くん本人だよ」

打ち上げで酔っぱらって解散した後、勝のスマホには何故か、未来哉からの近況報告のようなメッセージが山ほど届いた。内容は八割がたカイトにまつわることで、特訓を受けていたこともその時に知った。勝はカイトの自分から仕事を増やしてゆく才能に驚きあきれつつ、『よかったね。カイトもきっと楽しかったと思うよ』と短いメッセージを送ったが、返信はなかった。未来哉通信はそれで終わっていた。

カイトはふーっと自分の額に息を吹き上げ、邪魔な髪の毛を払いのけた。

「……アパートの隣の部屋に引っ越しただけだ。寝食を共にしていたわけじゃない。君にも黙っているつもりはなかった。全部終わったら話そうと思っていたんだ」

「よく体がもったな。ちゃんと規則正しく眠れたのか」

「前にも言ったが、三時間も眠れば目が冴える」

「やめてくれ。死んじゃうぞ。たまには八時間くらい寝てるよな？」

「どうでもいい。それより海山先生のことだが」

どうするつもりだ、とカイトは尋ねた。勝は微笑み、即答した。

「『受けさせてください』って返事をしたよ。こんなの考えるまでもないだろ」

「…………お前はいつもそうだな」

「ごめん。まずお前にどうするべきか質問した方がよかったよな」

「何故僕にそんなことを言う。事務所の社長でもあるまいに」

「俺のこと一番に考えてくれてるから」

「まあ、否定はしない」

　勝は黙った。カイトも黙った。チチチ、と鳴く鳥が二羽、二人の頭上を飛び去って行った。

「いよいよ『世界の二藤勝』になってしまうな」

「オーバーだな」

「海山先生の舞台に出るというのはそういうことだ。知名度と実力、どちらも兼ね備えていなければ呼ばれないし、仮にどちらかが中途半端でも、彼の舞台に出る以上は強制的に両者が跳ね上がる。気合を入れて臨めよ」

「わかってる。それでさ」

　一つ頼みたいことがあると、勝はためらいつつ告げた。カイトは眉間にむにゅっと深い皺を刻み、勝に向き直った。

「何でもするが、まず言ってみろ。頼みとは何だ」

「は？　いや、質問と返事の順番がおかしいだろ」

「おかしくない。君が僕に頼みがあるというのなら、僕はそれを叶えるまでだ」

　勝は呆れたが、ある程度は想定内の返事だった。鏡谷カイトという人間には、蒲田海斗という人間には、そういうところがあると知ってから、もう二年以上も経っていた。

勝は微笑み、告げた。

「またお前の芝居に出してくれないか。今度は主役じゃなくて、前の天王寺さんみたいな、演者の力量によっては主役を食える役がいい」

「…………」

「駄目かな」

勝は笑った。そしてカイトの返事を待った。だが待っても待っても、カイトは返事をしなかった。ただ豆鉄砲を食らった鳩のように黙り込んでいる。勝は慌てて取りなした。

「な、なんてな！　いきなりこんなこと頼まれても困るよな！　粘土をこねる前に、器のオーダーをするみたいなこと。ごめん。忘れてくれ」

「忘れない。だが何故だ」

「え？」

「何故主役を嫌がる」

カイトは真剣に尋ねていた。

勝は少し考えた後、同じく真剣な顔で答えた。

「お前と一緒に新しい世界が見たいから」

「……」

「『百夜之夢』では、お前は全部、俺のために世界を創ってくれただろ。でも今回の『オネーギン』で、それ以外でも俺はやれるって証明できたと思う。その、証明できているならいいな、と思ってる。だから……」

次は今までと違う世界が見たい。

カイトに盛り立ててもらうだけではなく、カイトの世界を盛り立てられる役として生きてみたい、と。

勝がそう告げると、カイトはしばらくぼうっとした後、恥ずかしそうに笑った。

「…………何を言うかと思えば。お前といると退屈する暇もないな」

「それじゃあ！」

「その話、聞かせてもらいましたー」

二人は同時に振り向いた。

空き地の隅に、勝のスマホを我が物顔で携えた未来哉が立っていた。電話は終わったらしい。はい先輩スマホ、と言いながら、未来哉は勝に端末を放って寄越した。

「ちょうどいいじゃん。カイト、ぼくのために芝居を書いてよ。脇役に二藤先輩」

「……いや、それはな……」

カイトが言い淀むと、未来哉はだんだんと脚で地面を踏み鳴らした。

「ふざっけんなよ！　なんで二藤勝にならできることがぼくにはできないわけ。できないとか言い訳する前にやれよ。やってみろよ。やったら案外できちゃうかもしれないだろ」

「恩と愛の差がある」

「うっざ！　きも！　ガチクソうざきも！」

「ほんとに仲良くなったんだなあ。羨ましいよ……」

「あんたに言われると嫌味にしか聞こえないんだけど！」

未来哉はそっぽを向きつつ、寂しそうに呟いた。

「先輩のマネージャーさんも、事務所の社長さんも、いい人っぽかったです。『うちに来い』じゃなくて、『助けになりたい』って言ってくれたし。ああいう人もいるんですね」

「確かに、海山塾の関係者とプロの芸能事務所とでは、いろいろと違うだろうな」

「ああいう人たちがいるなら、もうちょっとぼくも頑張れるかも？　って思いました。だからカイト、ぼくのために芝居を書きなよ。恩と愛の差があるからぼくのためには書けないっていうなら、どうすれば恩と愛が釣り合うようになるのか教えてよ。そうするから」

「……そういうものじゃないんだ、人間というのは」

「ぼくと十も違わないやつが『人間』なんてでかい言葉を使ってごまかすなよ！」

「やる自信のないことを『やれる』と受けるより百万倍ましだ。それはただの無責任だろう」

カイトに冷静に言い返されると、未来哉は下唇を噛み、地団太を踏み、両手をわきさせて叫んだ。今時は本物の子どもでもなかなか見せそうにないアクションだった。

「ぼくだけの芝居がほしい！　ぼくにだけ書かれたものがほしいんだよ！　あんたがぼくのために書いてくれるものがほしい！　すぐほしい！」

どうしようもないことを、未来哉は泣きそうな声で叫んだ。カイトは目を丸くしていた。

下唇を噛んだ優美な容貌の持ち主は、ぐっと腕で目元を拭った後、早口に呟いた。

「……つまんない。カイトがいないとつまんない。せっかく面白くなってきたのに、オネーギン終わっちゃうし。カイトは引っ越しちゃうしさあ」

「引っ越したんじゃない。自宅に戻っただけだ。そもそも芝居が終わった以上、僕とお前は既に演出家と役者ではない。これ以上君の面倒を見ている筋合いはない」

「知るかよ！　そんなこと言うなら最初から何もするな！　つらいだろ！」

「その依存気質をどうにかしないと性質の悪い妖怪につけこまれるぞ」

「いいよ。つけこまれてたらあんたが助けに来てくれるんでしょ。ちょうどいい」

「本当に救いがたい馬鹿だな……」

高速で鉛玉を投げ合うようなやりとりの応酬を、勝はしばらく黙って聞いていたが、やりとりが罵り合いに発展しかけたあたりで、静かに挙手をした。

未来哉とカイトはそろって勝を見て、どうぞと手で促した。勝はベンチから立ち上がり、カイトに向き直った。

「カイト、書けよ。未来哉くんが主役の芝居。俺、すごく見たいよ」

「…………は……？」

「で、よければ俺も端っこに出してほしい。駄目かな」

「……何の権限があって僕にそんなことを命令する？」

「命令じゃなくて、ただのファンとしての希望だよ。だって絶対面白いだろ？　脚本が鏡谷カイトで、主演が南未来哉だぞ。その情報で俺は絶対にチケットを取る」

「ぼくも興行的には成功しそうな気がするなあー」

「お前は黙ってろ。勝、今すぐに書けと言われて書けるものじゃない。僕の頭にもいろいろ都合というものがあるんだ」

だがな、とカイトは付け加えた。息せき切って未来哉が反論を立ち上げる前に、急いで言葉を継いだようだった。仏頂面がデフォルトの演出家は、眉間の皺を右手でごりごりと揉み解した後、困ったような微笑みを浮かべた。勝ではなく、未来哉に向けて。

「そのうち書く。そのうちちゃんと、書く。だから待っていろ」

「……どのくらい待てばいいの？」

「どのくらいと言われても、厳密にはわからないが」

「あんまり待たされるとぼく美しくなくなっちゃうんだけど！」

「申し訳ないが僕は君を『美しい』と思ったことがない。『面白い』なら山のようにあるが」

「は。お客さんもそう思ってくれるとは限らないけどね」

「もう思ってるよ！」

「思うに決まっているだろう」

勝とカイトの声は同時だった。ぽかんとする未来哉に、二人はそれぞれ告げた。

「未来哉くんのオネーギンは、顔だけじゃあんなに魅力的にならなかったよ」

「お前は異様なほど自分に自信がない。だが顔にだけは自信がありすぎる。アンバランスだ。僕の舞台で主演を張る前に、座禅でも何でも組んでそのあたりを何とかしてくれ」

「……それ、芝居を書く条件？」

「条件というより前提だ。僕は海山先生じゃないんだ。変幻自在の筆は持っていない。自分の足でしっかり立ってくれる役者でないと困る」

「上等じゃん」

やってやるから、と言いながら、未来哉はつんと澄まし、自分のスマホを取り出すと、猛然と何かを検索し始めた。怪訝な顔をしたカイトが覗き込もうとすると、さっと隠す。

「何だ。何を調べている」

「座禅道場」

「おい。本当に座禅さえ組めば何とかなると思っているんじゃないだろうな」

「は？　そういうことじゃないの？　じゃ何なの？　もっとはっきり言ってくれないとわかんないんだけど！」

「それを考えろと言っているんだよ……」

頭が痛そうな顔をするカイトと、きゃんきゃんとじゃれつく小型犬のような未来哉を眺めながら、勝はこれからの自分の予定を考えた。雑誌の取材と、ドラマの出演、朝番組の準レギュラー出演に、海山塾の芝居の稽古。

生きているだけで楽しい日々が、随分長く続きそうだと。

　同じ道を走ってゆくのであろう仲間二人を見つめながら、勝は表情を緩めた。

　年末。二藤勝の所属する赤樫マネジメントの広報に『新タレント所属のおしらせ』という小さな告知が掲載された。さりげないお知らせだったが、あっという間に拡散され、演劇好きの間で話題となった。

　初雪が窓の外にちらつく、都内の喫茶店。

　勝はハイネックの黒いセーターに、黒ぶちの伊達眼鏡をかけた姿で、新しく手に入れたスマート端末の画面を見ていた。筆文字の『海山塾』というロゴの下に、『おしらせ』という細い明朝体の文字が出ている。

　海山伊佐緒、新プロダクション作成、および主演俳優の決定。

　もう数センチスクロールすると、新しく撮影した勝の宣伝写真が出てきた。モノクロのバストアップで、上半身裸の勝が振り向きざまに相手を見据える、アート路線の画である。

「……やっぱりこれ、ちょっと恥ずかしいな……！」

「そうですか？　イケメンに写ってますよ。ぼくほどじゃないですけど」

「未来哉くんのイケメン力は段違いだからね」

「先輩と話してると、いつもこんな感じで調子がおかしくなります」

量販店のワゴンセール三百円のニット帽と、センスのセの字も見当たらないゴミ袋のようなセーター姿の男は、勝の食べていたコーヒーゼリーの器を摑み、ゼリーの部分を遠慮なく食べ始めた。未来哉が端麗なセットアップで現れるのをやめたのはつい最近のことで、勝は最初誰なのかわからなかった。激安の申し子のような格好の未来哉は人の悪い顔で笑い、家ではいつもこんな感じなんです、と何故か少し得意げな顔で告げた。

「不思議だね。初めて会った時、こんなことになるなんて思ってなかった」

「ぼくだって同じですよ。ぼくはあなたの事務所にいるし、あなたはぼくのいた海山塾で仕事をする予定が入ってる。チェンジリング、『取り替え子』ですね。びっくり」

「ああ……」

しかし勝は、それ以上に未来哉と二人、喫茶店で話をしている自分がいることに驚いていた。何だか本当に親しい友達になれた気がして嬉しかった。

未来哉はマイペースなのに、ひとりでいるのが嫌いだった。

「ぼくのマネージャー、豊田さんじゃなくて織田(おだ)さんって人になりました」

「ああ、おだんか。おだんはいいよ。俺のことスカウトしてくれたベテランで、すごく優しい人だから。きっとうまくいくと思う」

未来哉はぶつぶつと、ちょっとお父さんに似てます、とこぼした。それがいいことなのか悪いことなのか勝にはわからなかったが、未来哉の表情は穏やかだった。

「頑張ろうね」

「は？」

「俺も頑張るから、未来哉くんも頑張って。で、一緒に大きくなろう」

「……ヨーグルトのＣＭか何かですか？」

「二度目のライバル宣言だよ。いや、もう三度目になるのかな……？」

言い淀む勝の前で、未来哉はしばらくぼうっとした後、テーブルに突っ伏した。どうしたのかと勝が揺さぶると、うーと呻いた。

「先輩、陽の者すぎて、うざいっていうか、つらいです」

「えっ、そ、そうかな」

「……でもまあ、いいですよ」

目を見開く勝に、未来哉は微笑みかけた。

嘲りでも、取り繕いでもない。

二十歳になったばかりの青年は、てらいのない顔で微笑んでいた。

「勝先輩のライバル宣言、受けて立ちます。ぼくたちは未来が長いですもんね」

「………今、勝って呼んでくれた！」

「は？　それが何なんですか」

「もう一回呼んで！」

「何言われてるのかわからないです。笑顔がまぶしくて目が眩みそうなのであんまり直視しないでください」

「そ、それこそ俺も何言われてるのかわからないよ！」

人気のない喫茶店の隅の席で、わいわいと言い合う二人の前に、喫茶店の入口から待ち人がやってきた。カイトである。特に用事があるわけではなく、ただ三人で芝居の話や近況報告をしようと、何となく集まっただけだった。

友人を見つけた勝と、それに気づいた未来哉が手を挙げると、カイトは二人の席に歩み寄っていった。

参考文献

『オネーギン』プーシキン／著、池田健太郎／訳（岩波文庫）
ALEXANDER PUSHKIN "onegin" 2015, SOVEREIGN
『リア王』ウィリアム・シェイクスピア／著、福田恆存／訳（新潮文庫）

本書は書き下ろしです。

僕たちの幕が上がる
決戦のオネーギン
辻村七子

2023年3月5日初版発行

発行者……………千葉 均
発行所……………株式会社ポプラ社
〒102-8519 東京都千代田区麹町4-2-6

フォーマットデザイン 荻窪裕司(design clopper)
組版・校閲 株式会社鷗来堂
印刷・製本 中央精版印刷株式会社

落丁・乱丁本はお取り替えいたします。

電話(0120-666-553)または、ホームページ(www.poplar.co.jp)のお問い合わせ一覧よりご連絡ください。
※電話の受付時間は、月～金曜日、10時～17時です(祝日・休日は除く)。

ポプラ文庫ピュアフル

ホームページ www.poplar.co.jp

N.D.C.913/265p/15cm
ISBN978-4-591-17739-6
P8111349

舞台にかける夢と友情を描いた、
熱い感動の青春演劇バディ・ストーリー！

辻村七子
『僕たちの幕が上がる』

装画：TCB

ある事件をきっかけに芝居ができなくなってしまったアクション俳優の二藤勝は、今をときめく天才演出家・鏡谷カイトから新たな劇の主役に抜擢される。勝は俳優生命をかけて、初めての舞台に挑むことに。さまざまな困難を乗り越えて、勝は劇を成功させることができるのか？鏡谷カイトが勝を選んだ理由とは——？飄々とした実力派俳優、可愛い子役の少年、不真面目な大御所舞台俳優など、個性的な脇役たちも物語に彩を添える！

アルバイト先は妖怪の古道具屋さん!?
取り扱うのは不思議なモノばかり――。

峰守ひろかず
『金沢古妖具屋くらがり堂』

装画：鳥羽雨

金沢に転校してきた高校一年生の葛城汀一。街を散策しているときに古道具屋の店先にあった壺を壊してしまい、そこでアルバイトをすることに。……実はこの店は、妖怪たちの道具〝妖具〟を扱う店だった！　主をはじめ、そこで働くクラスメートの時雨も妖怪で、人間たちにまじって暮らしているという。様々な妖怪や妖具と接するうちに、最初は汀一を邪険に扱っていた時雨とも次第に打ち解けていくが……。お人好し転校生×クールな美形妖怪コンビが古都を舞台に大活躍！

平安怪異ミステリー、開幕！

峰守ひろかず
『今昔ばけもの奇譚
五代目晴明と五代目頼光、宇治にて怪事変事に挑むこと』

装画：アオジマイコ

時は平安末期。豪傑として知られる源頼光の子孫・源頼政は、関白より宇治の警護を命じられる。宇治では人魚の肉を食べて不老不死になったという橋姫を名乗る女が、人々に説法してお布施を巻き上げていた。なんとかせよと頼まれた頼政だが、橋姫にあっさり言い負かされてしまう。途方にくれているところに出会ったのは、かの安倍晴明の子孫・安倍泰親だった――。

お人よし若武者と論理派少年陰陽師が数々の怪異事件の謎を解き明かす！

イケメン毒舌陰陽師とキツネ耳中学生のへっぽこほのぼのミステリ!!

天野頌子

『よろず占い処　陰陽屋へようこそ』

装画：toi8

母親にひっぱられて、中学生の沢崎瞬太が訪れたのは、王子稲荷ふもとの商店街に開店したあやしい占いの店「陰陽屋」。店主はホストあがりのイケメンにせ陰陽師。アルバイトでやとわれた瞬太は、実はキツネの耳と尻尾を持つ拾われ妖狐。妙なとりあわせのへっぽこコンビがお客さまのお悩み解決に東奔西走。店をとりまく人情に癒される、ほのぼのミステリ。単行本未収録の番外編「大きな桜の木の下で」を収録。

〈解説・大矢博子〉

シリーズ25万部突破のヒット作!!
切なくて儚い、『期限付きの恋』。

森田碧
『余命一年と宣告された僕が、余命半年の君と出会った話』

装画：飴村

高1の冬、早坂秋人は心臓病を患い、余命宣告を受ける。絶望の中、秋人は通院先に入院している桜井春奈と出会う。春奈もまた、重い病気で残りわずかの命だった。秋人は自分の病気のことを隠して彼女と話すようになり、死ぬのが怖くないと言う春奈に興味を持つ。自分はまだ恋をしてもいいのだろうか？　自問しながら過ぎる日々に変化が訪れて……。淡々と描かれるふたりの日常に、儚い美しさと優しさを感じる、究極の純愛。